JN001139

# 秋扇

## 箕輪城　長野業政・氏業父子の戦国二代記

# 目次

## 登場人物

### 箕輪長野

長野信濃守業政《ながのしなののかみなりまさ》　箕輪城《みのわじょう》主
吉業《よしなり》　業政長男
氏業《うじなり》　業政次男
はつ　業政長女　小幡信実《おばたのぶざね》室
ゆり　四女　木部範虎《きべのりとら》室
さよ　五女　浦野真楽斎《うらのしんらくさい》室
はな　七女　倉賀野尚行《くらがのなおゆき》室
こはる　十女　長野道賢《ながのどうけん》室

### 箕輪長野家中

藤井豊後守友忠《ふじいぶんごのかみともただ》
湛光風車《たんこうふうしゃ》

### 山内上杉《やまのうちうえすぎ》

上杉憲政《うえすぎのりまさ》　関東管領《かんとうかんれい》　平井城《ひらいじょう》主

### 扇谷上杉《おうぎがやつうえすぎ》

上杉朝定《うえすぎともさだ》　武蔵守護《むさししゅご》　河越城《かわごえじょう》主

上杉憲勝《うえすぎのりかつ》　奥州《おうしゅう》より武蔵松山《むさしまつやま》城へ

### 長尾

長尾景虎《ながおかげとら》　後に上杉政虎《うえすぎまさとら》、上杉輝虎《うえすぎてるとら》を名乗る。上杉謙信《うえすぎけんしん》の名で知られている。

長尾景孝《ながおかげたか》　惣社長尾《そうじゃながお》

### 上野国

小幡憲重《おばたのりしげ》

信実《のぶざね》　憲重の子　はつの嫁ぎ先

図書介景純《ずしょのすけかげずみ》　憲重の子

長野賢忠《ながのけんちゅう》　厩橋長野家

道賢《どうけん》　賢忠の孫　厩橋城主　こはるの嫁ぎ先

ひろこ　道賢とこはるの子

長野業通《ながのなりみち》　室田長野家　鷹留城主

沼田万鬼斎顕泰《ぬまたばんきさいあきやす》　沼田城主

朝泰《ともやす》　顕泰の子　ひろこの嫁ぎ先

浦野真楽斎《うらのしんらくさい》　大戸城主　さよの嫁ぎ先

上泉伊勢守秀綱《かみいずみいせのかみひでつな》　上泉城主

## 武蔵国

太田美濃守資正《おおたみののかみすけまさ》

氏資《うじすけ》　資正の子

三田綱秀《みたつなひで》

**信濃国**

真田幸隆《さなだゆきたか》
笠原清重《かさはらきよしげ》

**安房国**

里見義堯《さとみよしたか》
義弘《よしひろ》

**相模国**

北条氏康《ほうじょううじやす》
北条綱成《ほうじょうつなしげ》

**甲斐国**

武田晴信《たけだはるのぶ》　のちに信玄《しんげん》を名乗る

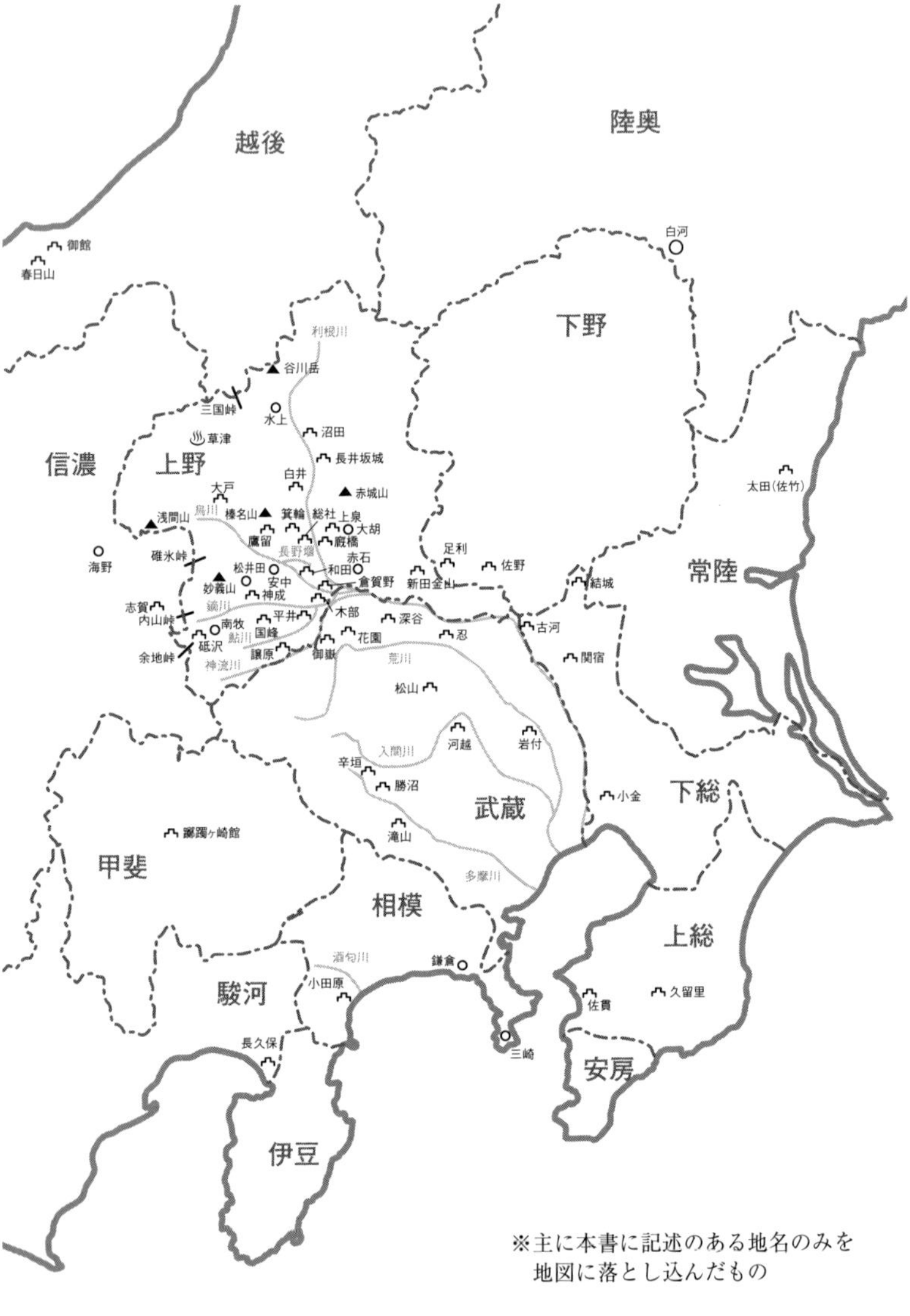


※主に本書に記述のある地名のみを
地図に落とし込んだもの

# はしがき

この作品の長野業政を物足りないと感じる人もいると思う。武田信玄に五度・六度勝っていない業政。西上野で大いにリーダーシップを振るったとも言い切れない業政。関東管領山内上杉憲政を主として、一領主として政治的混乱対立のうねりの中にいて、一時期は山内上杉から小田原北条の下に身を置いたであろう業政。その中現状に向き合い最善を模索したであろう業政。そんな業政に向き合ってみたいと思った。

この作品は、旧来の業政像と歴史研究の知見も交え、業政・憲政そして、同じ時代を生きた領主（岩付太田・小幡・厩橋長野・和田・木部・倉賀野・浦野・沼田）や、北条氏康・武田信玄・上杉謙信を登場させ、西上野長野氏を中心に俯瞰《ふかん》し描こうともがいたものである。

歴史書を読んでは、脳内で妄想してひとり楽しんでいた人物たちをここに呼び出して皆様に披露するのは大変お恥ずかしく恐縮する思いであるが、おつきあいいただければこれ以上うれしいことはない。

令和六年五月吉日　著者

世は戦国の只中《ただなか》である。麦が黄金にきらめく頃、「麦秋」といえども、季節はこれより初夏である。

これは檜扇《ひおうぎ》を家紋とする上野国箕輪城《こうずけのくにみのわじょう》長野業政《ながのなりまさ》、その息氏業《うじなり》の活躍を中心に箕輪城落城までの、関東の戦国を描く物語である。それはまるでひと夏の夢。

夏には重宝がられた扇が秋には忘れ去られるが如《ごと》し。

# 一箕輪

# ㈠　麦　秋

上野《こうずけ》は二毛作地帯である。麦が黄金に田を染めて、吹きそよぐ風の姿がそこに映し出されるかのように穂がしなう。今、その風を生みながら駆けるのは二頭の馬。手綱を握るのは、上野国箕輪城主長野業政《こうずけのくにみのわじょうしゅながのなりまさ》、そして厩橋城《まえばしじょう》の厩橋長野家嫡男長野道賢《ながのどうけん》である。

（今回が初めてではない、この件では何度目かの上申である）業政は主君である関東管領山内上杉憲政《かんとうかんれいやまのうちうえすぎのりまさ》の居城である上野国平井城《こうずけのくにひらいじょう》へと馬を進めていた。

（あの菅野《すげの》・上原《うえはら》両名のたぶらかし、相も変わらず目に余る……。そして、それをよしとする御屋形様も御屋形様じゃ。まったくなっておらん。武芸も学もまだまだ伸び盛りの青年というに、香を焚《た》き女を囲い馳走を喰《く》らい、酒に酔いしれておる。まるで、迫りくる危機から逃れているかの如《ごと》しじゃ）

「はあ」と、業政は大きなため息をついた。

　それを聞き逃さなかった道賢は、馬上で苦笑いを浮かべ、

「お義父上、お身体の方はよろしいのですか？　病で城に籠っておられたとか」と尋

ねた。

道賢のところには過日、業政の十女〈こはる〉が嫁いだばかりだった。それを機に道賢は、業政のことを「お義父上」と呼ぶことにしたらしい。長野一族はこの頃、箕輪長野家、厩橋長野家、室田長野家《むろだながのけ》、大胡長野家《おおごながのけ》などが存在しており、この厩橋長野家が嫡流筋であった。

「いやいや、心配ご無用。病で籠っていたくとも、こう周りが騒がしければ、病も逃げていきおるわ」齢《よわい》、四十に差しかかり、髪にいくらか白いものが交ざり始めたものの、肌はつややかに照り、馬上で手綱を取る業政のしなやかな仕草に、病を感じる隙は見当たらなかった。

「そうですか、それはよかった」道賢が応じた。

「上野の将来が懸っておるのだ。御屋形様には何としても目を覚ましていただき、関八州を治めていただかなければのう」

「はい、お義父上、しかし、某《それがし》本音を申しますと、もう戦は懲り懲りでございます。いえ、これは、決して武士の道を逸《そ》れることではなくて……」道賢そこまで言うと、走らせていた馬を停《と》め一呼吸置き、こう続けた。

「こはると、これから生まれるややこが育つこの上野は、平らかな世であって欲しい。治めるべき方が、ばしっと納まるところに納まってくれたなら、そんな伊勢《いせ》だか北条《ほうじょう》だかに関東を荒らされることはない。そうでございましょう？」

「はっはっは！」業政は豪快に笑い、

「急に馬を停めおるから何事かと思うた！　めでたい、授かったか！　実にめでたい、でかしたのう！」と続けた。

　奇《く》しくもそこは、長野家の祖である〈石上尊《いそのかみのみこと》〉の名が刻まれた〈多胡碑《たごひ》〉の前であった。業政に褒められ、道賢は厩橋長野家をしょって立つ一人前の武将としての自信と期待に瞳《ひとみ》の輝きを一層強くした。

　色を増す草木が夏を知らせる。

### ㈡　平井

　平井城《ひらいじょう》は鮎川《あゆがわ》の流れに浸食された崖を南東に持つ平城である。箕輪から平井は距離にして六里ほどであるが、業政は山を削り実戦向きに拵《こしら》えた武骨な箕輪城とは正反

対の雅《みやび》やかな装いの平井城を、毎回惚《ほ》れ惚《ぼ》れと見渡して、

「さすが、管領上杉様の屋形、よき屋形である」と、呟《つぶや》くのであった。

「長野殿！」遠くからよく響く声がかかった。業政の視線の先に真っ赤な羽織を着た男が立っていた。

「小幡《おばた》殿。今日もいいものをお召しでございますな！」業政がそう返事をした。彼は、誰もが怖《おそ》れる赤備え隊を率いる国峰《くにみね》城主《じょうしゅ》小幡《おばた》憲重《のりしげ》である。今日は戦ではないが憲重は国峰の赤備えを誇りに思ってか真っ赤ないでたちである。

「いやあ、はっはっは」憲重は今度は耳まで赤くして照れていた。

「小幡殿、はつや、ふみはよくやっておりますか？」業政が問う。

「もちろんでござる、二人ともよく努めてくれておりますぞ」

「そうか、それは安心じゃ」

　業政はこの憲重の息である信実《のぶざね》のところに長女〈はつ〉を嫁がせている。そればかりか、憲重の次男で神成《かんなり》城主《じょうしゅ》小幡《おばた》図書介《ずしょのすけ》景純《かげずみ》のところに次女〈ふみ〉までも嫁がせた。この時代、家と家との婚姻は外交手段の一つであるといえる。業政そして憲重もまた、長野家小幡家両家の関係構築が重要であると考えていた。

「長野殿、そちらにおいでなのは？」と憲重が尋ねる。

「婿殿でござる」業政が答える。

「ん？　と申しますと、厩橋長野殿の倅《せがれ》か」

「はい、厩橋長野道賢でございます」道賢がそう返事をした。

「おお。道賢殿、驚いたぞ！　この間までかわいらしい童のような顔つきであったが、姫様を娶《めと》ってすっかり凛々《りり》しゅうなったの！　わしの子らも長野殿の姫君をいただいたのじゃ。となれば道賢殿とも家族のようなものでござるな」

「はい、何とぞよろしくお願い申しあげます」道賢が答えて頭《こうべ》を垂れた。

「いやあ厩橋長野家も安泰じゃ。ところで長野殿、今日は市を見に来たのでござるか？」

　平井城下、今日は市が立っている。方々から人が集まり賑《にぎ》やかである。

「ええまあ、そんなところでございます。それから、御屋形様にご挨拶を」

「はっはっは。そうであるな。今頃長野殿の来訪を知って、慌てて座敷を整えているのではござらぬか？」

「はっはっはっ。そうかもしれませんな」

平井城の城主にして、関東管領職を担っている名家山内上杉《やまのうちうえすぎ》家の当主憲政《のりまさ》は十七歳という若さである。憲政の父憲房《のりふさ》は憲政が三歳の時他界した。憲房の跡を継いだのは養子で憲政の兄にあたる憲寛《のりひろ》であった。

憲政が九歳の時、小幡憲重は憲寛を追いやって憲政を家督に付けた。この時業政は従来の憲寛を担ぎ対抗したものの小幡勢に負けを喫したのであった。新たに家督に納まった憲政はしかし、業政を邪険にはせず、小幡・長野もまた婚姻関係などでお互いを結びつつ憲政のもと西上野の両雄として納まった。

業政も憲政を認め、憲政のもとで一領主としての務めを果たそうと考えている。そして、存外真面目なのだろうか、それとも親の無い憲政を我が子のように思ってか、ことあるごとに憲政を諫《いさ》める役を己に課しているようであった。

平井城奥座敷にて、業政・道賢の来訪を聞き、関東管領山内上杉憲政の家臣の菅野・上原の両名は慌てて憲政の所へ行き、女たちに暇《いとま》を命じ、化粧の香と酒の匂いが残る座敷に業政・道賢両人を寄せた。憲政は先ほどまで寄せていた女たちの香を払うように咳払《せきばら》いをし上段より、

「さて、両名揃《そろ》って、今日は何用であるか」と問うた。

「近年の関東ありよう、御屋形様のご存じのとおりでございます」業政が深々と頭を下げ言った。

「うむ」

「相模《さがみ》に北条氏綱《ほうじょううじつな》。甲斐《かい》には武田信虎《たけだのぶとら》。みな勢いを増し、志高くしております」

憲政は、（業政《箕輪のおじい》め、また私に説教をしに来たか）と心の中で前置きし、

「どれも関東管領山内上杉家のことは一目置いており、我々が意に介するには値しないはずだ。そうであるな」と佞臣《ねいしん》と諸将に評される、菅野・上原両名に聞いた。

菅野・上原両名は、そのとおりという顔で何度も頷《うなず》いた。

業政はため息ともつかない深い息をひとつして、

「まったく何を寝ぼけたことを、どなたがかようなことを言うのですか」と言った。

「それは……」と憲政は菅野・上原に助けを求め、視線を向けた。

「大丈夫でございますよ。長野殿はありもしない心配をなされていらっしゃるのです」

上原が言った。

「誰が関東管領山内上杉家に刃向かえましょうか」菅野が大袈裟《おおげさ》にそう言い添えた。

憲政はその発言に安堵《あんど》し、もっともだという表情を浮かべた。業政と道賢は互いに困ったものだと顔を見合わせた。

業政が言った、

「甲斐国の武田信虎は、甲斐の太守と言いながら信濃国《しなののくに》を侵食し、相模国の北条氏綱は、真の関東管領は上杉憲政にあらず、北条氏綱であると言いふらしておりますぞ、手を打たぬことには、平井城いつ奪われても不思議はないですぞ」と。

「いやいや、長野殿、北条の名を我々は認めておりませぬぞ」上原が言う。

「そうでござる。それは、〈伊勢〉のことでございましょう。鎌倉幕府執権の北条を名乗ろうなど、なんと図々《ずうずう》しいことであろう、認めませぬぞ」菅野が言った。

相模国小田原北条家《おだわらほうじょうけ》、その初代を伊勢宗瑞《いせそうずい》とし、二代北条氏綱の代にして北条を名乗った。その北条の名と〈三《み》つ鱗《うろこ》〉の家紋の求心力や、関東府の内輪の混乱に乗じ、気が付けば一国の領主であり、その力は既に山内上杉家と並んだといっても過言ではなかった。

「言葉遊びをしておる場合ではありますまい。北条氏綱をあなどってはなりませぬ」

業政が言った。

　同席した道賢が平伏したまま、

「お畏れながら御屋形様、どうか関東管領として今一度、お心を入れ替えこの地をお治めください。患いは外にも、内にもあると、どうか目をお覚ましください」と言い、顔を上げ熱い眼差しを憲政に向けた。

「悪かった、悪かった。ちょうど菅野・上原とも今後のことを話しておったのだ。近々評定を開きみなの意見を聞こう。私も伊勢（北条）に関東を蚕食されてこのままでいいなどとは、もちろん思っておらぬ。関東管領としてふさわしい働きをしたいと常々思っておる。今日はよく話してくれた」

　そう話す憲政の目は正気を取り戻したように見受けられた。


　ときに天文八年（一五三九）平井城に打ち寄せるであろう荒波の気配に気付けるものはまだごく少数である。

## ㈢ 木部

「少し寄りたいところがある」平井城を後にして業政がそう言った。

　向かった先は、平井城から二里ほどの木部城《きべじょう》である。木部城は鏑川《かぶらがわ》と烏川《からすがわ》の交わる中州にある城で、川の水を利用して幾重にも堀を巡らせてあった。木部城主木部範虎《きべのりとら》のもとに、業政の四女〈ゆり〉は嫁いでいた。

　屋敷の内より子どもたちの声が聞こえる。

「子曰《いわ》く、学びて時に之を習う、亦《また》楽しからずや。朋《とも》あり遠方より来る」『論語』の一節である。ゆりが屋敷に子どもたちを集めて『論語』を学んでいるようだ。ゆりが業政に気が付き、

「父上様」と駆け寄り、

「あの、範虎様は今しがた船着き場へ向かいました。呼んで参ります」と言った。

　この時代は船での輸送も多く、木部家は管領直臣の家柄でありここを利用する商船の管理なども担当していた。

「いや、いいんだ。今日はゆりに用があってまいったのじゃ」

「え、私にでございますか？　あの、父上こちらの方は」

「厩橋長野家の道賢殿じゃ」

「まあ、厩橋の、見違えてしまいましたわ。では、こはるの旦那様ですね」

　ゆりは、道賢に向き直ると頭《こうべ》を垂れ、

「妹をどうぞよろしくお願いします」と挨拶した。

　道賢はそれを受け頭を下げた。

「ややこを授かったらしいぞ」業政は自分の腹を大事そうにさすりながら、ゆりに告げた。

「まあ、それはおめでとうございます」と改まった様子でゆりはもう一度頭《こうべ》を垂れた。

道賢は耳まで真っ赤になって、また、頭を下げた。

「どうした、女子《おなご》に話しかけられ恥ずかしゅうなったか。ゆりはな、わしの十二人いる娘の中でも一番、真白な肌をしておる」

　今度はゆりが頬を赤く染め、

「父上おやめください」と小さな声で言った。

「それにはのう、理由があってな、ゆりは幼き頃から部屋にいて本ばかり読んで外に

出たがらなかったんじゃ」そう話して業政は懐より一冊の書物を取り出した、

「今日は、ゆりにこれを届けに来たのじゃ。昨日、下田の倅《せがれ》が足利学校から帰って来て、さっそく城に寄った。で、『ゆりさんが続きを読みたいだろうと思って写本して参りました』じゃそうじゃ」

〈足利学校〉の創立は一説に奈良時代からともいわれるが、関東管領山内上杉憲政の曽祖父にあたる山内上杉憲実《やまのうちうえすぎのりざね》によって永享年間（一四二八～四一）に再興された中国学を学びの中心にした学校であり、各地より多くの者が学び、高度な知識を得てまたそれを各地に伝えていった。入学に試験はなく、本人が学びたいことを学び終えたと思えば本人の都合にあわせ去ることができた。上野からも多くの者が通い、『論語』や『孟子』などの学びを深めていた。

「まあ、父上うれしい。それでわざわざ届けに来てくださったのですか？　ちょうど、前のものを写し終えたところです」

「ほら、この調子じゃ」業政が言った。

「私が部屋に籠ってばかりで、身体を動かすのは苦手ときたものですから、『木部家の跡取りが、ゆりのようになってしまったらどうしよう』とかなりご案じなさったようでしたのよ。でも、ほらあのとおり、外に出て傷ばかり作ってくるやんちゃな子になりました」

　ゆりの視線の先に、後に貞朝《さだとも》と名乗る男子がいた。それからゆりは道賢に向きなおり、

「道賢様とこはるのところでしたら心配ありませんね。こはるは武芸に長《た》けているから」と続けた。

「え、こはるさんが武芸を？」

「上泉《かみいずみ》様の道場でも指折りですよ。あら、こはるったら何も言っておりませんでしたか？」

「はい、何も」

　後に〈剣聖〉と称される新陰流《しんかげりゅう》流祖上泉伊勢守秀綱《かみいずみいせのかみひでつな》もこの頃はまだ無名である。しかし、業政はこの男の才覚に惚《ほ》れ、箕輪城下に道場を建て秀綱に指導を任せた。秀綱仕込みの武芸はなかなかの腕前のこはるであるが、どうも道賢の前では恥じらいがあるのか、その素振りは見せないようにしているらしかった。

## ㈣ 客将

箕輪城である。

「真田《さなだ》殿、此度《こたび》は遠い所よくおいでくださった。歓迎致す。海野《うんの》の地は残念なことでござるが、この地にて次の機を見定めるのがよろしかろう」長野業政が真田幸隆《さなだゆきたか》にそう言った。

天文十年（一五四一）五月。信濃国の真田幸隆は、甲斐国の武田信虎と、信虎に同調する村上義清《むらかみよしきよ》、諏訪頼重《すわよりしげ》らの攻撃により、海野を追われ上野国へと逃れた。そして幸隆は遠い親戚にあたる業政を頼った。業政は幸隆を客将として招き、保護したのだった。ある日、

「さて真田殿、平井城の御屋形様へのお目通りがまだでありましたな」業政はそう言うと、幸隆の今後について協力を願おうと幸隆のことを関東管領上杉憲政のもとへ連れて行った。

その晩、業政と幸隆の二人は箕輪に戻り酒を酌み交わしながら語らった。

「長野殿、管領様の住まわれる平井城はまるで噂《うわさ》に聞く、京の御所でございますな！

建物は豪華、手入れの行き届いた庭は広々とし、よい香が焚《た》かれ夢のようでした」興奮した様子で幸隆が言った。

「そうか、そうか、平井城が気に入ったようでわしもうれしいぞ」業政は上機嫌に笑った。

「そして管領様はまだお若いながらも、芯のある頼れるお方でありました」

「うむ」業政はまんざらでもない様子でそれを聞いている。

「管領様、信濃へ兵を出してくださると、約束してくださいました。大変心強く、管領様はもとより、長野殿はじめ、皆様にはなんとお礼を申し上げてよいか」幸隆は両目を赤く染め、頭を下げ業政に伝えた。

　業政には一抹の不安がないわけではなかったが、平井城で幸隆と謁見する憲政はなんと今日その場で信濃出兵を約束した。

「真田殿、どうかお顔をお上げください。支度を整え、峠《とうげ》を越え見事武田信虎を甲斐に追い帰したその時に、礼は受けましょう」と業政は答えた。

　それから二か月たった七月のことである。

憲政は幸隆との約束のとおり関東衆三千騎あまりで海野の地へ出陣をした。しかし幸隆の意に反し憲政は、幸隆にとって敵である諏訪頼重と和談を結び帰陣した。この和談によって、幸隆がもとの地へ帰れる望みは絶たれたに等しくなった。

幸隆は身を寄せている安中長源寺《あんなかちょうげんじ》でひとり、

「ううむ、そう簡単には帰れぬか……」と思わず口にする。

幸隆の頭には平井城に共に参じた家臣の言葉が反芻《はんすう》した。

『管領様の良くないお噂《うわさ》は、信濃にも届いておりましたが、実際にお目にかかるとそれ以上ではありませんか。屋敷での振る舞いは、確かに地位のあるお方かもしれませんが、余りに仰々しい。並み居る老臣はよいとしても、あの佞臣《ねいしん》と噂の菅野殿・上原殿のやりたい放題、とても危うくお見受け致しました』謁見のその時は取り合わなかったこの家臣の言葉が今になって、生々しく頭に響く。

「はあ、家臣の見立てが当たったのう」そんなことを考えていた矢先、

「真田殿」と闇の中から声がかかった。男の声である。

「誰じゃ！」幸隆は聞き慣れない声を警戒して、辺りを見渡すが、外は月も星も出ぬような暗がりで相手の姿はわからない。すると相手は姿を現さないまま、

「武田晴信《たけだはるのぶ》様の使いで参りました」と言った。

「ほう、武田晴信殿がわしに用とな？」幸隆の声は自然と小さくなる。

　この頃、甲斐国では武田信虎が実子の晴信（後の信玄《しんげん》）によって追放され、晴信が政権を握るという事件が起こっていた。

「してその用とは？」幸隆が問う。

「我が主、武田晴信様は貴殿が甲斐武田のために仕えてくれるというのであれば、是非貴殿にお戻りいただき以前同様領地を治めていただきたいと望んでおります」声の主は姿を見せぬままそこまで言った。

（旧領安堵《あんど》、それは願ってもないことである。しかし今は、長野殿にご厄介になり、上杉様にもご面倒をおかけしている身、なんと答えればよいか）心の中で考えが渦まく。

　幸隆は返事に窮していた。

「返事は今でなくとも、どうぞご検討くだされ、では」とその男は闇のなかへと消えていった。

## ㈤ 吉業

お囃子《はやし》が風に乗って聞こえてくる。稲の刈り入れも終わり箕輪城下の八幡様で豊穣《ほうじょう》を謝する祭りが開かれている。

「あ、若様、お祭り見物でございますか？」村の若衆の熊吉《くまきち》が、浅葱色《あさぎいろ》の上着に袴姿《はかますがた》の箕輪城主長野業政の嫡男、長野吉業《ながのよしなり》を見つけてそう言った。

「はい、お祭り太鼓が聞こえたのでつい吸い寄せられてしまいました」吉業が言う。

「今年は若君様もご元服なさって、たいへん《なっから》めでてえ年になりました。ところで、元服の祝いにいかがですか」熊吉は、木製の深々した椀《わん》になみなみと酒を注《つ》ぎ吉業に差し出した。

「まあ、あんたったら。そんな品のない椀でお出ししたら失礼ですよ！」熊吉の妻が言う。

「いえ、そんなことはないのですが、今から父上のもとに参る用がございますので、お気持ちだけ頂戴《ちょうだい》します。ありがとうございます」吉業はそう言って一礼すると、城へと駆け出した。

吉業は箕輪城への坂道をぐいぐい駆け上がっていく、元服は済ませたとはいえ、まだまだ好奇心旺盛の若武者である。駆けながら、

「熊吉、お酒はまたいつか」と手を振った。

箕輪城は榛名山《はるなさん》に続く小高い丘陵上にあり、北東は水を引いて堀を巡らせてある。南は椿名沼《つばきなぬま》という湿地帯が広がり、西は榛名白川《はるなしらかわ》が削った崖である。そして南に寺社や家々を配置した。もしもの時にはこの町並みも防御施設に変わるだろう。

城まで戻った吉業は追手門を潜《くぐ》る。

「若様、お帰りなさい」と門番が声をかけた。

「只今《ただいま》戻りました。八幡様のお祭りを見物に行って参りました、では」と、にっこり会釈し、本曲輪の屋敷へ向かって走っていった。

縁側に草履を脱ぎ捨てて、屋敷に入る。八幡様から止まらずに走ってきて息が上がっている。座敷に業政がいるのを見つけ、

「父上、真田殿はいらっしゃいますか？」と聞いた。

「今日は来ていないぞ」業政は答える。

「そうですか、昨日もいらっしゃらなかった。もうそろそろお越しになる頃かと思い

ましたが、残念です」

奥の間より業政の室であるきぬが村人が届けてくれた餅を乗せた盆を持って、その場に入ってきた。

「あら、吉業はよほど真田殿が好きなのですね」

吉業は、きぬからすすめられ、餅を盆より受け取り、

「はい、母上。真田殿のお話は興味深いものばかりです」と言い餅を頬張った。

業政も餅を味わい、暫《しばら》く遠くの空を眺め、何か考え事をしているようだった。そして、

「ちょっと様子を見て来るか、吉業おぬしも一緒に行くか？」と尋ねた。

「はい、父上！」吉業は元気よく返事をした。


業政は愛馬に跨《またが》り駆けてゆく、その後に吉業も馬に乗り続いた。田はどこも刈り入れが終わり柔らかな土に刈られた稲の根元が等間隔に並ぶ、とみえると、案外蛇行していたりして、これもなかなか個性がでて面白い。またこの土を交ぜ、小麦を撒《ま》き、小麦を刈り、初夏になれば水を張りみなが助け合い総出で田植えをする。

「この営みを守るのが我らの務めであるぞ！」業政は馬上より吉業にそう伝えた。

「はい、父上！」吉業は真剣な眼差しを業政に返しながらそう答えた。

　二人は、長源寺まで馬を走らせた。今年は柿の当たり年だ。長源寺にある大きな柿の木も鈴なりの実に、枝がしなう。

「まあ、長野様」業政来訪を聞いた真田幸隆夫人は、慌てて業政に挨拶して深々と頭《こうべ》を垂れた。業政と夫人は二言、三言交わした。吉業は少し離れたところからそれを見ていた。そして、業政は、吉業に向き直り、

「吉業、帰ろう」と言った。

　吉業は幸隆に会えると思っていたので、納得いかなかったが、

（父上には何かお考えがあるのだろう）と思い渋々、

「はい」と従った。

　暫くは無言の帰り道である。そして、長源寺が見えなくなった頃、

「真田殿は寝込んでいるらしい」と業政が口を開いた。

「ええ、真田殿はご病気ですか」吉業は心配そうに言った。

「いや、でももう真田殿とは暫く会えぬかもしれない」

「そんなにお悪いのですか？」

「いや、真田殿病気ではないぞ。真田殿は近いうち元の土地にお帰りになるからだ」

「？　そうなのですか？」吉業には話がまったく飲み込めなかった。

## ㈥　幸　隆

　月に照らされた山の稜線《りょうせん》が静かに佇《たたず》んでいる。虫の音に交ざり、尺八の低くやわらかな音色が箕輪城の長野業政の部屋に届く、その音に気が付き業政が、

「む、来たようだな」と一言庭に出る。

「湛光風車《たんこうふうしゃ》よ、よくぞ参った」業政はそう言ってその男を寄せた。

　湛光風車は普化宗《ふけしゅう》の虚無僧《こむそう》である。業政は彼の情報収集能力を買っており、城下に寺を造って住まわせた。

「やはりそうか、いや、貴殿に聞くまでもなかったな、遅かれ早かれこのような日が来るのはわかっておった。なかなか見込みのある男であるゆえ、もとの土地へ返してやりたい」

「でもそれでは、真田幸隆殿は武田晴信に従い、上野を襲うやもしれません。殿、いっそ夜襲のご下知を」湛光風車が静かにそう言った。

「物騒なことを申すな。いずれ幸隆殿は大きなお役目を果たす、信濃に必要な将となろう。その芽の育たぬ内に欠いてしまっては、罰が当たろうぞ」業政が言った。

「殿は才ある者に甘すぎますぞ。しかし殿がそう申しますならば、従いましょう。では」

長居は無用と、湛光風車は闇に身を隠すように城を後にした。

数日後、長源寺である。

「お前さま、箕輪の長野様のところから、お使いの方がいらしております。如何《いかが》致しますか？」夫人が幸隆に伝えた。

幸隆は、部屋の戸を閉めたまま、

「具合がのう、良くないのだ。悪いが帰ってもらうように」と布団に潜って言った。

夫人は仕方なく、箕輪からの使いにそう告げた。

「然様《さよう》にございますか。此度《こたび》は大殿より、この文を預かってまいったのです。本来ならばお目通りしてお伝えせねばならないこともあるのでございますが、仕方ありません、これを幸隆様にお渡しください」

「はい、お預かり致します」

「では、私は失礼して」箕輪からの使者はそう言って一礼し、数歩歩き出し振り返り、

「殿から、『お身体を大事にして欲しい。しかし、出立は一日でもお早い方がよろしかろう』との言伝《ことづて》でございます」そう伝えると使者は、「殿から幸隆様へ」と、なんと馬まで預け立ち去った。文と言伝《ことづて》と馬まで預かった幸隆夫人は、

（さて、長野様は一体何をされようというのであろうか）と首を傾《かし》げつつ、幸隆のもとへ向かった。幸隆は寝床で渋々布団から起き上がり、夫人から事情を聞き、青ざめた。

（これはまずいな。先だって甲斐の者に通じたのが筒抜けか。それも使者に寄越《よこ》したのはあの長野殿お抱えの忍びであると噂《うわさ》の、湛光風車殿ではないか。もう上野にわしの居場所はないのかもしれないな）文を開く手が震えた。


『此度《こたび》の真田殿の患いは、普通の薬で治せるものではありません。どうぞ、奥余地《おくよじ》の峠を越えて良薬をお求めになられてください

業政（花押）』

そう記してあった。

(さあどうしたものか。これは、甲斐へ行く願ってもない機運。しかし、妻や子どもたちはどうする。もし私が戻らないで家族を残してゆけば、人質と取られているのと同じことだ)

心配した夫人が、幸隆の顔をのぞき、

「お前さま、私も武士の家に生まれた身でございます。覚悟はできております」と言い押し黙った。夫人は既に、幸隆の思いを知っているようであった。今別れてしまったならば、二度と会うことはできないかもしれないと覚悟をしていた。幸隆は思わず、苦楽を共にした愛おしい妻を抱きしめた。そして、

「……。よし、明日の朝立つとしよう」と発し、夫人はこくりと頷《うなず》いた。

翌日、業政の使者が預けていった馬を借り、幸隆は夜明けとともに奥余地の峠を目指した。

(長野殿は私の思いにお気付きのはず、このまま私が国境を越えたのならば、如何《いかが》致すつもりであろうか。妻子を置いてまで武田に仕官を考えている己の非情。何かを得るには何かを捨てねばならぬか。いや、しかし、私は先祖代々の真田の所領を再び得、必ず家族とその地で暮らそう。いかなる手立てを使うことになろうとも……)心を奮

い立たせ馬を進めた。

　さて、幸隆の馬が奥余地の峠に差しかかる頃である。数頭の馬がたくさんの荷を付けてこちらに向かってきた。慌てて荷を付けたとみえ、馬が歩くたびに、縄が緩みそこから、鍋やら、茶碗《ちゃわん》やらが顔をのぞかせ音を立てていた。よく見ると、みな自分の見知った家財のような気もする。と、その後から幼子を背負ったままの幸隆夫人が、

「お前さまっ！」と息を切らして駆け寄って、幸隆の胸に飛び込んだ。

　幸隆は夫人を優しく抱きしめ、

「これは」と夫人に尋ねた。

「はい、お前さまがご出立された後に、今度は長野様のご家臣の青柳様がいらっしゃって、『今から荷をまとめて幸隆殿の向かった奥余地の峠へ行き、そして幸隆殿と合流なさいませ、そして幸隆殿にこの文を』とこれを預かりました」

「なんと」

　幸隆が文を開いて見ると、

『甲斐に武田晴信あり、若くまた有望な武将である。ただし、箕輪に業政ある内は、

碓氷峠を越えて馬に草を食べさせられるとは思わないで欲しい。ただちに本領に帰って、隣交を忘れぬよう　　業政（花押）』

と書かれていた。

幸隆は、業政の想《おも》いに触れ、こんなことであれば、あらかじめ長野殿に打明けていればよかったとしばし佇《たたず》み、甲府へ向かったのであった。

そして、それより幾年か過ぎ天文十六年（一五四七）領内にかつて長源寺で世話になった晃運和尚《こううんおしょう》を呼び寄せ真田家菩提寺長谷寺《ちょうこくじ》を建立したそうだが、それはまた別の話である。

## ㈦　密　談

関東管領山内上杉憲政の平井城城下には、家臣の詰めの屋敷が立ち並び、町を賑《にぎ》わすのに一役買っていた。詰めの屋敷であるから、手狭ではあるがそれがかえって、親密な話をするのには好都合であった。

「長野殿、もうご存知かもしれませんが、あの菅野・上原両名が、またいちゃもんをつけまして、本間近江守《ほんまおうみのかみ》殿と井俣左近《いまたさこん》殿に蟄居《ちっきょ》を命じたのです。もうどうしていいものか」惣社長尾景孝《そうじゃながおかげたか》は自分の詰め屋敷に、長野業政を呼び出しそう持ちかけた。

　長尾家は与えられる役職などからみれば、長野家よりも家格が上であるといえるが、景孝は遠からぬ姻戚関係もある業政を信頼し、相談を持ちかけることが多かった。

「なんでも鹿狩り禁止の場所で鹿狩りを行った罪だそうです。それで調べましたら本間殿と井俣殿が鹿狩りをした場所に禁止の触れは出ていないのです」景孝は続けた。

「ほう、それが証明されれば、両名は無罪でございますな」業政があごひげを触りながら言った。

「はい……。ところが私がそう上申すると、その翌日帳簿に禁止の触れを出したことが書き加えられていたのでございます」

「なんと、それは妙ですな。確か二人は先頃あの菅野・上原両名へご諫言《かんげん》をしたのだと聞きましたが」

「そうです、ご諫言がお気に召さなかったのでしょう。本間殿・井俣殿を陥れるために私が管理を仰せつかっている土地の、私が記録をしている台帳に、私の名前を使って記録を書き足したのでございましょう。それを堂々私に見せるなど、なんと馬鹿にされたものでしょうか」景孝は悔しさを隠し切れない。

　景孝は上野守護代の職に就いており領地の管理などを任されていた。

「なるほど、困ったものですな。して、両名は蟄居《ちっきょ》しておるのでしょうか？」業政が尋ねた。

「それがどうも北条に仕官を考えているとかで……」

「北条へでございますか……さもありなん……」業政は暫《しばら》く考え込み、そして、

「長尾殿、その二人に使いをやって、ほとぼりが冷めた頃また山内上杉に戻るようお伝えするのは如何《いかが》でございましょう」そう提案した。

「なるほど、北条を探らせるということでございますな。それは名案でございますな！」

　そういうことで長尾景孝・長野業政の名前に花押を添えて、本間・井俣それぞれに文を書いた。あえて内容は記さず『詳細は使いの者に聞くように』とだけ認《したた》め、業政お抱えの虚無僧僧侶にして忍びの湛光風車に託した。幾日も経《た》たぬうちに、湛光風車は二人の返事を持ち帰り『委細承知』と相なった。

本間・井俣両名は、密命を帯び北条家に仕官をした。二人は新転地の小田原でよく励んだ。朝に見る浜、果てしなく続く海の先から昇る日、なにもかも新鮮であった。

## (八) 北条のこと

それから二年の歳月が経《た》った。

遂《つい》に本間近江守と井俣左近が平井に戻る。北条氏康《ほうじょううじやす》の人となりについて教えて欲しいと長野業政、長尾景孝に問われた両名は、平井城下の詰めの屋敷で誇らしそうにこう話し始めた。

「北条氏康殿、深く落ち着いたお心をお持ちでその胸の内は測れず。剛であり柔であり。礼節があって威厳もおありでございます」本間が恭《うやうや》しくそう言った。

「また、家臣を用いるのに、賢愚老少それぞれの器に合わせて配します。そして、暇《いとま》があれば書を読み、あるいは刀槍《とうそう》を学び、そして若者を指導致します」井俣が言う。

「それなので、人々は氏康のためであれば、命も惜しくはないというのです」本間が言う。

二人の目の輝きから実り多き二年であったことが伝わってくる。

「なるほど北条氏康、心が晴れ晴れとするようなよい将であるのだな」業政は思わずそう口に出した。

「長野殿！　氏康は目下の敵でございますぞ」隣に座っていた景孝が業政を諫《いさ》めた。

「おっと、すまぬ、すまぬ、続けてくれ」

「それで、上杉に属す将でも氏康と誼《よしみ》を通じている者、少なくありません」井俣が続けた。

「さもありなん」業政が相槌《あいづち》を入れる。

「それから、北条氏康は、古河《こが》（公方足利晴氏《くぼうあしかがはるうじ》）様より関東管領職を任じられた家である。それゆえ古河様をお助けするために、この関東静謐《せいひつ》の事業を行っていると、そのように申しておりました」本間が言った。

「何!?　北条氏康が関東管領か？」思わず業政、声が裏返る。

「なんと！　古河様が合戦の実績から北条氏綱殿を関東管領に補任したのだとは聞きましたが、もしやそれを引き継いだとでも言いたいのでしょうか？」と景孝。

氏康の父氏綱は二年前に没している。

「この名門山内上杉家を差し置いて、こともあろうか関東管領を名乗るとは！　つくづく面の皮の厚き御仁じゃ！」業政は先ほど褒めた舌の根も乾かぬうちに、そう言った。

「然様《さよう》でござる。関東管領といえば我らの御屋形様（上杉憲政）に決まっておろう」

景孝も言った。そして、

「二人とも、二年間誠にご苦労であった、よく帰って来てくれた。どうかまた山内上杉を支えてくだされ」景孝が二人をねぎらった。

「はっ、承知致しました」本間・井俣は声を揃《そろ》えた。

「では参りましょうぞ」景孝は業政に声をかけた。

業政は、「おう」と頷《うなず》いた。

業政・景孝は憲政のもとへ向かった。


平井城の書院である。

「どうした二人揃《そろ》って」憲政が高畳の上から業政・景孝に声をかける。

書院で憲政はいつもどおり菅野・上原を寄せてなにやら話し合っていたようである。

業政・景孝の視線が菅野・上原に注がれているのを感じて憲政は、

「我々は兵法について語っていたのだ」と言い添えた。

「然様《さよう》でございましたか。それは感心でございます」業政が言った。

「なにやら長野に褒められると調子が狂うの」憲政が言った。

「ぷっ」思わず、景孝は吹き出した。

「笑うでない」と憲政。

「いや、失礼致しました。ところで御屋形様。今朝方、本間近江守殿と井俣左近殿が戻られましてございます」景孝が言った。

「何？　本間と井俣がか？　確か蟄居《ちっきょ》の命を出したが従わず、北条に亡命したと聞いたが、それが戻ったのか？」憲政が、菅野・上原の方を向いてそう言った。

　菅野・上原は突然のことに動揺して対処できない、ただ青ざめて顔を見合わせた。

「如何《いかが》致しましたか、幽霊でも見たようなお顔をされて」業政が言った。

「菅野殿・上原殿が、ありもしない罪をわざと仕立てて、蟄居を命じ、北条氏康を油断させ、北条の様子を探らせていた。違いますかな？」景孝が言った。

「いや、それは」菅野はそこまで言って何も言えなくなった。

「聞いておらぬぞ！　どういうことだ？」憲政は両名を問《と》い質《ただ》す。

「いや、その」上原も突然の事で対応できない。

「敵を欺くには、まず味方から。御屋形様これも兵法でございますよ。はっはっは」

景孝が言った。

「さあ、それでは御屋形様に北条氏康の下に二年潜入していた本間殿、井俣殿から聞いた話、お耳にかけましょうか」業政はそう言って、つい先刻聞いた氏康の人となりについて、語り始めた。そして憲政は、業政の説教を聞かされているような気分になるのであった。


平井城の追手門を潜り詰めの屋敷に向かう道すがら、景孝は業政に、

「いやあ、あの時の菅野・上原の顔といったら！　はっはっは」と笑った。こんなに愉快なのは何年振りだろう。

「誠に、これに懲りて二人も暫《しばら》くはおとなしくなればよいですな」業政はそう言った。

業政は近い将来起こるであろう禍《わざわい》に向け、今できることをしよう。そう考えていた。

危機は内からとも、外からともなく迫っている。

# 二河越

## ㈠　今川

天文十三年（一五四四）、駿河《するが》の今川義元《いまがわよしもと》が、平井城《ひらいじょう》、上杉憲政《うえすぎのりまさ》のところに使者を寄越《よこ》し、上杉・今川で協力して北条氏康《ほうじょううじやす》を倒そうと請うてきた。憲政は、

「願ってもないお申し出だ」とそれを諾した。

箕輪城《みのわじょう》でその一件を耳にした長野業政《ながのなりまさ》は、

「どうして大事なことを我々に相談なしに決めてしまわれるのか。今川殿の言い分も一理ある、ごもっともなことである。しかし」と栗毛の愛馬を走らせ、急ぎ平井へ向かった。

平井城は、業政の焦る気持ちに反するように、優雅に佇《たたず》んでいる。上杉家の〈竹に二羽飛び雀〉の家紋もまぶしい。業政は馬を停《と》め、追手門より城に入る。

「親父殿《おやじどの》如何《いかが》致しましたか」倉賀野尚行《くらがのなおゆき》が業政を認め、声をかけた。憲政の馬廻《うままわ》り衆《しゅう》として平井に詰めることの多いこの尚行のところには、業政の七女〈はな〉が嫁いでいる。

「なぜ、婿殿がおりながら踏み留《とど》めてくださらぬか」

「え」

「今川殿と計って北条を討つという話じゃ」

「ああ、そのことでしたか」

「婿殿、これが良き策とお思いか！」業政が声を荒らげ言った。

業政の剣幕に押され尚行は、

「まずかったでしょうか」と小声で言うことしかできなかった。

「とにかく御屋形様はいずこにおいでか」尚行は、広間の方を指差した。

平井城の渡り廊下を鼻息荒く歩きながら業政は、みなに聞こえるように大きい独り言を言いながら進んだ。

「みな、関東管領職の権威に甘え、北条の力を舐《な》めているようじゃ。その権威、とっくに過去のものであるぞ！」

「失礼つかまつる」業政が障子を開くと、

「おお、長野殿ではないか」憲政が驚いた顔で言った。

憲政は三歳になる我が子龍若丸《たつわかまる》を膝に抱いている。龍若丸と遊んでいる最中だったようだ、部屋には木馬や人形が散らばっている。

「……。その顔は、また私に説教をしに来たのであるな？」憲政は察して龍若丸を膝からおろし、席を外させた。

「聞こう」憲政が業政に言った。

「御屋形様、今川様のご提案を承諾したというのは、誠でございますか？」

「もう知らせが届いたか。今川殿も北条に城を取られてお困りのようである。今川と上杉力を合わせれば、いくら北条といえども落とせぬはずはないであろうぞ」

「御屋形様、相手は知将でございます。何もお考え無しに軍を動かせば相手の手中に落ちましょう」

「そう心配せずとも大丈夫だ。いつまでも私を子ども扱いするでない。策がないわけなかろう」

「然様《さよう》でございますか。してその策は？」

「今川義元殿が駿河の長久保城《ながくぼじょう》を攻め、北条氏康を引き付け、その間に我ら上杉勢は河越城《かわごえじょう》を落とす」

「なるほど、扇谷上杉朝定《おうぎがやつうえすぎともさだ》様とも力を合わせ、河越城を取り返そうというわけですね」

「そうじゃ、よい策であろう。扇谷上杉朝定殿に河越城をお戻しすること、我々の悲願であるゆえ、断る理由も無かろう。願ってもないお誘いじゃ」

「御屋形様が手を組もうとしている駿河の今川義元殿は武田晴信《たけだはるのぶ》殿の父信虎《のぶとら》殿を保護し、晴信殿の姉を娶《めと》っております。挟み撃ちにされるのはもしかしたら……」

「わしらじゃと言いたいのか？　長野よ、恐ろしいことを申すな」

「御屋形様、どうかお考え直しください。私は反対です」

「何を言う、それでも武人であるか？」

「北条氏康益々《ますます》勢いを増す中で、我々は日々衰え続けている。今は打って出るときではありません」業政は引き下がらずそう言った。

「戦を怖《おそ》れて如何《いかが》する！」憲政は声を荒らげた。

「そうではありません、機を見誤らないことが大切でございます」

「もう私の気持ちは定まってしまったのだ。今がまさしくその時に違いないと確信しておる。長野の言うことは聞きたくない、箕輪へ戻れ」

「……そうさせていただきます」業政は憲政に背を向けて広間を去った。

他の将のところへも、今回の策の知らせが届き平井城に諸将が集まってきていた。

その人々の流れに逆らって業政は平井城を後にした。

「長野殿？」と憲政の家臣の一人が声をかけたが、業政は振り返りもせず、返事もせず平井城を後にする。

「ああ、あれはまた御屋形様と喧嘩《けんか》なさったな」別の家臣がそう言った。

その日、平井城に集まった誰の口からも、北条氏康を討つのをやめた方がよいという声は上がらなかった。

河越城を囲むことが決まった。

## （二）野営

河越城は、黄色地に八幡と染めた幟《のぼり》がいたるところに掲げられ、城を丸ごと覆うようでそれは見事なものだった。

天文十四年（一五四五）九月。山内上杉憲政と武蔵守護扇谷上杉朝定両上杉家は協力して、河越城を囲んでいた。〈黄八幡〉の旗印のもと、河越城を預かるのは北条《ほうじょう》綱成《つなしげ》である。綱成は城門を固く閉ざし、籠城の構えである。

今川義元は上杉憲政との約束どおり、八月に駿河の長久保城を攻め、北条氏康は長久保城の救援へと兵を進めていた。

河越城を囲むように造られた野営地に、九枚板を綴《つづ》り中央に丸を配した〈檜扇《ひおうぎ》〉の旗がはためいていた。長野業政の陣所である。

ここに一匹の仔《こ》犬が迷い込んできた。業政の嫡男、長野吉業《ながのよしなり》がそれを見つけた。仔犬は遊んで欲しそうに吉業の足の周りを飛び跳ねている。

「ずいぶん人懐っこいな」吉業はそう言って、茶色の毛の仔犬を抱き上げる。犬の腹は白く、ぽてっとしてなんとも愛らしかった。

「すまぬ。お若いの、ちと抱いていてくれ」先ほどの仔犬の兄弟と思われる、同じく茶色いぽてっとした犬を一匹、左小脇に抱えその男は言った。

「実はもう一匹逃げてしもうた」無精髭《ぶしょうひげ》を生やして右手で頭をぼりぼりかきながらその男はそう続けた。吉業は仔犬を抱えたまま、もう一匹の仔犬の捜索を手伝うことになってしまった。もう一匹はひょこっと姿を現し、吉業の前で止まった。頭を上げ吉業を見つめる。吉業が抱こうとすると逃げる。そのやりとりを二三度繰り返した。

「捕まえました！」遂《つい》に吉業が仔犬を抱くとちょうどそこで、軍議の開始を知らせる鐘がなった。するとその男は、三匹の仔犬を吉業に預け、

「すまぬの、ちょっと面倒を見ていてくれ。逃げられぬようにの。では」と、本陣へと向かってしまった。


急ごしらえとはいえ、四方を板で囲み、屋根を葺《ふ》いた本陣であった。軍議での関心事は、古河《こが》公方《くぼう》足利《あしかが》晴氏《はるうじ》についてだ。北条氏康は親戚関係にある晴氏に、援軍を要請しているらしいと情報が寄せられたのだった。公方という職は室町幕府によって、関東支配のために置かれた政庁鎌倉府（関東府とも）の頂点であり、この公方の下に関東管領、守護と続く。

両上杉連合軍の軍議の場で、

「古河（公方足利晴氏）様の兵が攻めて来たら、これにあたりましょう」とある者が言うと、

「いや、いや。古河様が攻めて来るのがわかっているのであれば、むしろ備えが十分でない時を狙ってこちらから打って出るのがよいでしょう」と別の者が言った。

その時、業政の隣に座していた扇谷上杉家家臣が、

「攻めてくるのを待って戦うのも、攻めて行って戦うのも同じように兵を疲れさせるのみでございます。使いをやって古河様をこちらにお招きして、我らの軍に加えるべきでございましょう」と意見を述べると、

「なるほど、そのとおりである」と、諸将はこれに賛成したのである。

この扇谷上杉家臣こそ先ほどの仔犬を連れ歩いていた人物で、名を太田資正《おおたすけまさ》と言った。

（やや、お若いのになかなかしっかりした意見をお持ちではないか）何かにつけ戦いたがる諸武将の中において、戦わずして利を得ようとする考えの資正を業政は気に入ったのである。

軍議がお開きになり、業政は早速資正と語り合いながら長野の野営地に戻ってきた。そこには、一匹をひっくり返した籠に閉じ込め、一匹の首根っこを摑《つか》んで抱き上げ、もう一匹を抱こうとするが逃げられ、そうしているうちに、さっき閉じ込めていた籠が地面を自由に動き、終《しま》いには籠から出てきて駆け回っている仔犬たちと格闘している吉業がいた。吉業は父業政の姿を認め、

「父上。お帰りなさい」と言った。それから、

「あ、あなた私の返事も聞かぬ間に私にこの仔たちをおいてどこかに行ってしまうなんて、ひどいですよ」吉業が籠を押さえたまま資正に向いて言った。

「すまぬ、急いでいたもので」資正が答える。

「はっはっは。なんじゃ。太田殿に吉業を紹介しようと思うたが、もう知り合うておったか」業政が言った。

「いや、これは。箕輪長野業政殿のご嫡男とは知らず。ご無礼をお許しください。松山城《まつやまじょう》より参りました。太田資正でございます」資正は吉業にあらためて頭を下げそう言った。

「長野吉業と申します」吉業も名乗った。

「して、その仔犬たちは？」業政が言った。

「はい、この仔たちを躾《しつ》けて言うことを聞かせたいと思い付きまして、連れてきてしまいました。仔犬の時期こそ大事でございますゆえ」資正が答える。

「なるほどそれは興味深い。この戦長引きそうでございますな」業政が言った。

「然様《さよう》」資正が答えた。

吉業は仔犬たちを資正に返そうとしたが、そのうちの一匹だけは、吉業から離れようとしなかった。

「おやおや、これは吉業殿のことが気に入ったようでございますね。さあこちらへ」

資正はそう言って吉業のそばを離れない仔犬を抱きあげ大事そうに胸にしまい、

「では」と自分の野営地へ帰っていった。


時刻は夕刻にかかる。秋の乾いた風が頬に涼しい、空は抜けるように高く青い、貝のように閉ざした河越城を囲み作られた急ごしらえの陣所に、炊き出しの煙が方々で上がり始めた。

## (三) 道灌

長野業政の陣である。

「父上、また太田様のところから、チビが迷い込んできました」吉業が少しだけ大きくなった仔犬のチビを抱きかかえて業政のところに来た。チビは吉業の顔をなめまわしている。

「吉業に会いにくるのであろう」

「はい、それが父上、今日のチビは文を首に結わえて参ったのです」

　文は何回も折り畳まれ、チビの首に結わえた竹筒の中に押し込まれていた。

「ほう、太田殿もこれは面白いことをお考えになったものだ。で、なんと書かれておったのじゃ？」

「『太田の陣へいらっしゃいませんか』と書かれておりました。父上、行ってもよろしいでしょうか」

「うむ、気を付けて参るのじゃぞ、戦の只中《ただなか》であることを忘れぬように」

「はい」


　太田資正の陣所である。

「太田様、チビを連れてきましたよ」

「これは、吉業殿、よういらした」

「チビは見事文を運んでくれました。父も良く考えたものだと感心しておりました」

「そうか、そうか。上手《うま》くいくもんだ。次は吉業殿のところに、このシロを連れ帰ってそれから文を結わえ放ってくれぬか？」

「なるほど、わかりました」

　両上杉で河越を囲んで早ひと月になる。戦況に変化はなく犬たちは日を追って成長する。資正の犬の躾《しつけ》は上手《うま》くいっているようだった。

「吉業殿、今日は我が曾祖父の太田道灌《おおたどうかん》公の話の最後の部分をしましょうぞ。それで、忠義はあっても罪はないというのに、扇谷上杉定正《おうぎがやつうえすぎさだまさ》様は、曽我《そが》のいう根も葉も無いお噂《うわさ》をお信じになられて、糟屋館《かすややかた》に招いてそこで道灌公を殺してしまわれたのだ」

資正は吉業に話した。

「ええ、なぜですか」と吉業。

「主君にとって力のありすぎる家臣は脅威に思えたのでしょう。文明十八年（一四八六）のことでございました。湯上りのところを襲われたのだと。そして、その時道灌公は『当方滅亡』と言い遺《のこ》し果てた」

「なんと……」太田家の昔話を聞き吉業は言葉を失った。

「さあ、今日はここまでに致しましょう。ではすまぬがシロを長野殿の陣へ連れ帰りそこで放ってみてくだされ」

吉業は、陣に戻り資正の言うとおりにシロを放った。放たれたシロはまず辺りを確認するように宙に向けて鼻をひくつかせ、方向を定め尻尾《しっぽ》を振り太田陣へと帰っていった。

業政も吉業と共にシロを見送った。吉業は資正から聞いた道灌公の話を業政に聞かせた。すると、

「実はのう、ちょうどその時平井には関東管領山内上杉顕定《やまのうちうえすぎあきさだ》様がいて……」と業政が切り出した。

「……それで、山内上杉家も盛りであったのじゃ。扇谷上杉家の家宰太田道灌様があまりにも才覚があり慈しみ深く、人を従える威光があって山内顕定様から、扇谷定正様に寝返ってしまう者も多かったんじゃ。それで長野家の祖、吉業の曾祖父にあたる長野憲尚《ながののりなお》翁がのう、扇谷家に入り込んで、『道灌は才能も武勇も主君である定正より数段上である、定正の下で仕えるような人物ではない』と流したのじゃ。それで、定正様はいつ寝首をかかれるかと不安になったのであろうな、その前に殺してしまおうとなったわけじゃ」

「なんと、太田道灌公の事件の背景に長野憲尚翁の一計が潜んでいたとは、驚きでございます」

「うむ。あの頃は扇谷も盛んで太田道灌はすこぶる強かった」

「今の扇谷家の姿からは考えられませんね。父上、道灌公が殺されていなかったならどうでしたでしょうか」

「うむ、どうであろうか」

「私は、もしそうであったならば、河越は今でも扇谷上杉の本拠であったと思えます。父上、ここから教訓を得るとするならば、安易に自分に都合のよい言葉を信じてしまってはいけない、己を空しくし、真実を見極めること。それから家臣に余りある才があるのであれば、家臣の才を愛しその家臣の才を追いかけるように自らを励ましていくことが大切だと思いました」

「そうか、吉業、よく申した」業政が吉業に言うと、吉業はうれしそうに顔をほころばせた。業政は吉業が此度《こたび》の出陣でたくさんのことを学んでいることがその言動や態度から感じられ、とても誇らしく思った。

　河越の戦は未《いま》だ膠着状態《こうちゃくじょうたい》であった。

## ㈣　御動座

戦況が動いたのは天文十四年（一五四五）十月二十七日だった。

「父上、古河（公方足利晴氏）様が遂《つい》に動かれたとは誠でございまするか？」

長野業政の陣所で、長野吉業が尋ねた。

「うむ、先ほど伝令があった」

「誠でございましたか！　北条氏康殿の妹君を娶《めと》ってらっしゃる古河様、いかにして我らの元に動くこととなりましたか？」

「うむ、扇谷上杉の難波田善銀《なんばだぜんぎん》殿・小野因幡守《おのいなばのかみ》殿両名が古河に赴いてお誘いしたのじゃ」

「なんと知恵のあるお二人でしょう。父上、私は感動致しました。合戦といえども、互いに刀槍《とうそう》を交わらせ傷付け合うことを第一に考えてはならないということでございますね」

「そうじゃ、よく肝に銘じよ」

「はい」

古河公方足利晴氏は河越へと御旗を進めた。

その知らせに両上杉陣営のみなが明るい将来を描きよろこんだ。

一方北条氏康は、今川義元が長久保城を囲むと、その救援に向かった。が、同時に河越城が囲まれたことを知り、武田晴信を仲立ちとして今川との戦を停戦和睦、小田原に引き返した。

「北条氏康が、じきに河越に届くであろうと申すか？」本陣で知らせを聞いた上杉憲政は不意を突かれた思いがした。氏康が長久保に手を焼いている間に河越を落とそうと考えていたからだ。

憲政の脳裏に浮かぶのはこの河越合戦を反対しに来たあの日の業政の言葉であった。

『御屋形様が手を組もうとしている駿河の今川義元殿は武田晴信殿の父信虎殿を保護し、晴信殿の姉を娶《めと》っております。挟み撃ちにされるのはもしかしたら……』

憲政は今更ながら、その言葉を嚙《か》み締《し》めた。

「みなを集めよ！」憲政が下知し、本陣での軍議を知らせる鐘が打ち鳴らされた。

「ここに古河様がお出ましくださるも、未《いま》だ北条綱成籠城を乱さず。これに加え氏康がこちらに向かいおるとのこと、数は八千。八千を率いて、川の対岸に布陣と相成った。我は関東管領として、古河公方様をお支えし、この関東を乱す北条氏康に奪われし河越の城を再び扇谷上杉朝定殿にお返しすべく旗を上げた。この河越城を落とす良策のある者は申し出よ」憲政は言った。

「お畏れながら。そもそも、御屋形様が今ご出陣なさっていること、これ今川義元様のお誘いがあってのことですが、その今川様も早々と氏康と和しております。これは策がそのとおりにいかなかったということでございます。合戦の進退を含めもう一度策を立て直すべきかと存じまする」長尾景孝《ながおかげたか》が言った。

「ん？　それは我らに退《ひ》けということか？　河越城落とす策を聞いておるのじゃ。勇ある者はおらぬか！」憲政は檄《げき》を飛ばした。

　とそこへ、

「御屋形様、北条氏康殿から使いの者が」

「うむ、通すがよい」

　使いが本陣に通された、

「わが主、『河越の城も、領地も差し出します。籠城の者の命ばかりはお助けください』との意向にございます」そう言って、深々頭を下げ、氏康よりの書状を恭《うやうや》しく差し出した。

　憲政はそれに目を通し、

「追って返事を致そう、それまで待たれよ」そう言って使いの者を引き留め見張りを付けたうえ、本陣から遠ざけた。

「さあ、氏康め、今度こそ我らの大軍に恐れをなしたようじゃ。みなの意見を聞きたい」

憲政が言った。

「今こそ撃ち出《いで》て滅ぼしてしまいましょう」とある将が言うと方々より、血の気の多い武者たちが、

「おう！」と声を揃《そろ》える。

「御屋形様お待ちください。北条氏康、我らに助命を願っており、城も領地も返すと言っておるのでしょう。これ、北条氏康負けを認めたことと同じでございます。なぜこれ

以上の戦を致しまするか」業政がそう意見した。

「古河様もお出ましの今である、私こそ真の関東管領であると古河様にお認めいただくためにも、ここで氏康を倒さねばならぬのだ」憲政は退《ひ》けない。今回ばかりは氏康を倒したい。

実は憲政たちが河越を攻めるのは今回が最初ではなかった。扇谷上杉朝定の父朝興《ともおき》が没したのは今から八年前の天文六年（一五三七）である。その年朝定は北条と一戦あり、そして河越を奪われてしまう。その後幾度か行われた河越合戦にも勝利することができず今日に至った。

「古河様の御正室は氏康殿の妹君、氏康殿の命まで取るは、古河様も本意ではありますまい。河越城の城兵の命を助けてやったところで、北条がその和議を実行するかどうか、これはわかりませぬ。これが偽りだったとしたら、相手の偽りを聞き入れて少し兵を退け、彼らが帰ろうとするところに奇襲をかけこれを合図にみなで攻撃を行う、偽りをもって偽りを討つもひとつと存じます」太田資正が言った。

なんとしても氏康を倒したい憲政の気持ちは揺らぎ始め、

「ううむ、おぬしらの言うとおりかもしれぬの」と、氏康の助命嘆願を受け入れようとまとまりかけた。

　と、そこまでまとまりかけていた策を妨げようと思ったか、

「氏康が少ない兵で眼前にいるのに、これを討たぬのは掌中の物を棄《す》ててしまうのと同じではありませんか？」と菅野が言い、

「此度《こたび》は、両上杉それに古河様の軍勢までいる絶好の機会、どうして我らが大軍をもって倒せないとお思いですか」と上原が言った。

　果たして憲政は、

「差し出すといえども、もともと河越は扇谷上杉朝定殿のものでござろう。それを奪い取っておきながら、お返しするから命を助けて欲しいといわれても、こちらには何もいい話ではないのである」と、氏康の申し出を退けてしまったのである。

　業政は、

「なんということだ、これ我々の最後にならんとも限らぬぞ」と危機感をあらわにした。

## ㈤ 駆け引き

それより、三日後。

「申し上げます！　北条氏康、入間川《いるまがわ》の南岸に陣を構えました」見張りの兵が戻ってきて報告した。

「それでは」と、上杉憲政はじめ諸将は氏康らの構えた陣の対岸まで馬を進めた。

氏康は憲政らの兵を見るやいなや逃げ出した。

「はっはっは、やつら我が軍に恐れをなして逃げていくぞ」憲政が言うとそれに同調してみなが笑った。

それから、十日余りして、氏康はまた来た。

憲政の軍は進んで川を渡ろうとする。と、氏康はまた逃げた。憲政の軍は勢いづいて氏康たちを罵った。

「伊勢の臆病者が逃げてゆくぞ」

「そんなに臆病者ならば出てこなければいいのに」と。

諸将を集めた軍議の席、憲政の軍はもう勝利を収めたかのような心持ちであった。

憲政が諸将を見渡して、

「この期に及んで、どうして、進まずに退くことがあろうか。明日私が自ら出《い》でてあの臆病者を生け捕ってくれようぞ！」と声高らかに申し伝えると、方々より、

「おう！」と声が上がった、みなの士気は高かった。

（なんということだ……）しかし、長野業政はそこでは何も言わず黙って退き、そして書付を持ち憲政の元に上がった。

『陣中間者あり、書状にて申し上げ候。氏康逃げるといえども、その隊未《いま》だ乱れなく、弱き者の逃げ方に非ず、氏康の策にて候』

業政は、憲政が策に陥らぬことを願わずにはおれなかった。

業政は、自らの陣に帰って、兵たちを集め、

「敵に注意を向け逸《そ》らすでないぞ。馬の鞍《くら》を降ろさず、日暮れに及んでも営の四隅に篝火《かがりび》を照らし続け、何度も巡視し、最大に警戒をするように」と伝えた。

　また、嫡男吉業を側《そば》に呼んで、

「よいか、吉業、御屋形様が明日兵を進めるとみなに触れを出した。しからば、氏康は今夜の内に攻めかかるであろう。吉業、氏康の陣が逃げてゆく時どうであったか見ておったか？」

「はい」

「恐れをなしているように見えたか？」

「……いえ」

「そうじゃ、なぜそう見えた？」

「命に従って逃げているように見えたからでございます」

「そうだ、氏康の兵は少しも乱れず引き返していった。本当に弱い者であれば、陣は自《おの》ずと崩れる。氏康は決して臆病者などではないぞ、これまでの和睦の提案も、川を挟んで何もせぬうちから逃げ返るのも、すべて氏康の策であるぞ。

　おそらく、氏康は今夜のうちに攻め込んでくる。まさしく氏康の練り上げられた策にわれらは今嵌《は》められようとしているのじゃ」

同じ頃、氏康は間者より敵陣の報告を受け取っていた。

「敵たちはみな、あの臆病者、出て来たってまたすぐに逃げるだけだ構うことはない、明日にでも生け捕ってくれようと申しております」

氏康は、うむと頷《うなず》き、

「よい頃合いである」と言った。

## ㈥　河越夜戦

その夜のことである。

北条氏康は兵を率いて、

「よいですか、私の知っている戦の道は大勢だからといって必ず勝利するという道ではありません。少ないからといって必ず敗れる道でもありません。この道は心をひとつにできるかどうかにかかっています。私たちはいつも一人で十人の敵を相手にしてきました。私たちの力は、彼らの倍は確かでありましょう。私たちが来るまで諦めず籠城している者たちをいよいよ救い出す時です。勝敗は今夜のうちに決しましょう。

みなよく励まれますように！」と言った。

氏康は味方の鎧《よろい》に白布を結ばせ、

「よいですか、白布無き者は敵、すなわち斬れ。斬っても首を取っている暇《いとま》はありません。首を取る暇があるのであればその間になお数人を斬るように！」と伝えた。

間者が氏康の元に馳せ帰り、

「憲政の陣、四方に明かりを灯《とも》し、兵はみな甲冑姿《かっちゅうすがた》で見廻《みまわ》りをしている陣がひとつございます。その左翼、後尾にある両隊もいささか警戒している様子が見て取れましてございます。他はみな暗くしてよく眠っております」

「見廻りの兵ではなく、箕輪（長野）でありましょう。そして後尾は惣社（長尾）、左翼は太田あたりでしょう。山内（上杉憲政）様はこの良将たちを上手《うま》く使えないのでありますから、我々は幸運であるというしかありませんね」氏康は言った。

上杉憲政はその夜、翌朝に控えた戦を恐怖に思ってか、まだ見ぬ勝利を先取りしてか、家臣どもを集め酒を召し、深く眠りについていた。が、

「なんじゃ、外が騒がしい」

喧噪《けんそう》を聞いて初めて、ことの急なるを悟った。

「夜襲であるか！」

支度も整わぬまま表に駆け出し戦うが、隊は整わず、敵は漆黒の中より向かってくる。

そこに長野業政が駆け来て、

「御屋形様、ご無事でございましたか！　敵は腕に白い布を味方の印として巻きつけております」と言った。

「相わかった。白い布を見てはすなわち斬れ！」憲政がそう声を張り上げた。

長野吉業もまた憲政の隊に駆けつけた。

「御屋形様、ここは私がお引き受け致します。どうかお逃げください」と吉業は発し、憲政の前に出て槍《やり》を持って敵を払う。

吉業の槍が相手の喉元を突く。槍の先より敵の血液が柄まで滴り柄が滑る。吉業は、槍を捨て、刀を抜いた。右正面から来た敵に気を取られて、吉業は左腕に別の敵の槍を被る。

長野家老臣藤井豊後守友忠《ふじいぶんごのかみともただ》が馳《は》せ来て、

「吉業様！」と声をかけた。

「藤井殿、御屋形様を！」吉業は、槍を受けた左腕を庇《かば》いながらも、友忠に憲政を預け、友忠は、憲政を退かせた。

　勝敗を決する数刻の夜は一生分のような時を抱え闇を溶かし、空は朝をつれて白み始めた。氏康は軍を収めて退いていく。


　扇谷上杉家の長である上杉朝定。その臣である、難波田弾正・小野因幡守戦死し、憲政軍も多くの死傷者を出した。後に、日本三大奇襲と呼ばれる〈河越夜戦《かわごえよいくさ》〉はこうして終わった。天文十五年（一五四六）四月二十日のことであった。

## ㈦　手　傷

　馬の背に揺られ、目を閉じ意識が遠のきそうになる長野吉業に、

「吉業、しっかりせい。もうすぐ箕輪に着く」長野業政が声をかける。

　その呼び掛けに目を開けてか細い声で、

「父上、御屋形様は……」と吉業が尋ねた。

「無事じゃ」

「よかった」

「吉業の手柄じゃ。よく敵の襲いかかる中より、御屋形様をお救いした」

　吉業は安心したように口元をほほえませ、しかしそのまま目を閉じた。

　心配顔の藤井豊後守友忠に、

「吉業様」と今にも泣き出しそうな声をかけられ吉業は再び目を開け、

「大丈夫だ、大した傷ではない」と言って、またすぐ目を閉じた。左腕の傷は思ったよりも深いのかもしれない、傷の部分より上を強く結んで止血するが、布が湿って何度か取り換えた。悲壮に暮れた上野への帰陣である。数ではない、夜の闇を味方に付け北条氏康は山内上杉憲政、扇谷上杉朝定、古河公方足利晴氏連合軍八万を、籠城三千に北条氏康が連れてきた八千を足した、一万一千の軍勢で破った。


　箕輪城に帰り着き、吉業は高熱を出し十日ばかり寝込んだ。

　吉業が寝所で目を開けると、父業政の心配そうな顔があった。

「父上……。今は何時でしょうか。日が高いのですね」

「そうじゃな吉業、身体はどうじゃ」

「父上、ちょっと寝過ぎました。寝過ぎてそこらじゅう固まっている感じが致します」

「無理はするな」

「はい、心配をかけてすみませぬ。また父上と馬で駆けとうございます」

「うむ」

「それで、父上と共に、山々を愛《め》で、風を感じ、田畑を愛で」

「そうじゃな、御屋形様が吉業は命の恩人と感謝しておったぞ」

　吉業は照れたように笑った。笑うと傷が痛むようだ、痛みを逃がすようにため息を一つ、天井を見つめた。

「吉業、よく戦い御屋形様をお守りした。吉業は私の自慢の息子であるぞ」

　吉業は目を閉じたまま、頷《うなず》いた。吉業はまだ回復の途次である、そのまま目を閉じ眠ってしまった。

　数日後、熱が引くと、

「今日は気分が少しいいようだ」と吉業はその場で立ち上がってみる、足が自分の物ではない感じだ、上手《うま》く力が入らない。

　そこへ友忠が駆け寄って、

「若、ご無理は禁物でございます」と声をかけた。

「心配をかけました。今日は気分がよいのです。でもまだ立ち上がるのがやっとか」

吉業はそう答えてゆっくり布団へ腰を下ろし友忠に笑ってみせた。

　我が子を見るような友忠の眼差《まなざ》し、その瞳は潤んでいた。吉業が幼少の頃より城主業政に頼まれて面倒を見た友忠だ、心配は当然であろう。

「若、見舞いの者が来ておりますよ」友忠が言った。

　友忠の後ろには、茶色い毛色に腹は白のすらっとした成犬が控えていた。千切れんばかりに尾っぽを振って吉業を見上げていた。

「え。まさか、チビか？　遠かっただろうに。ひとりでここまで来たのか？」と吉業、両腕を広げ、

「さあ、おいで」と言った。チビは吉業の側《そば》に行き顔中をなめまわした。

「よく来たね」吉業はチビの頭を何度も撫《な》でた。

　友忠が一通の書状を渡した、ずいぶん細かく折り筋がついて、紙はくたくただった。チビが運んだのだとすぐわかった。そして差出人の顔もすぐに浮かんだ。

「太田殿からですか？」吉業が尋ねると、そうだと友忠は頷《うなず》いた。

『傷を受けたとお聞き申した、その後の回復の早いことを祈っております。私は、帰る場所を失い今は高林《たかばやし》におります。いずれまたお会い致しましょう。

もしこの書状が貴方のところに届いたのなら、それはチビに貴方の匂いを追うように教え込んだ私の策が成功をした証拠でしょう。

五月　日　　資正（花押）

吉業殿』

「若、私は太田殿はただ犬好きのおかしなお方かと思っておりました」友忠が感心しきってそう言った。

「あはは、おかしなお方に違いない。こんなことができるのは日ノ本中探したって太田殿の他にはいないだろうさ」吉業は笑った。

友忠は吉業の回復が見て取れてうれしかった。チビは吉業の側《そば》から離れなかった、チビがいると思うと吉業も元気が出た。

しかし、一時回復したかにみえた吉業は再び高熱を出した。呼ばれた医者が首を横に振る。

「吉業、逝ってはならぬ、吉業よ」業政が吉業の手を強く握り、声をかけた。業政の祈りにも似たその声は天には届かず、吉業はそのまま永い眠りについた。有望な若き吉業を失い、箕輪は深い悲しみに包まれた——。

業政は暫《しばら》く、庭木を見つめ遠い空を眺め時を過ごした。吉業を亡くした悲しみは癒えることはない。しかし、

「わしも五十に差しかかる歳で若くもなく、吉業のようには励めぬ、しかし吉業が守り治めていくはずだった箕輪を、今少し守り治めていくとしよう。それが吉業の供養となろう」と、思いなおして城下の人々に目を向けた——。

## ㈧　あの夜

　河越夜戦敗戦のち、太田資正は新田金山城主横瀬成繁《にったかなやまじょうしゅよこせなりしげ》のもとに身を寄せた。静かな部屋にひとりいると、河越合戦の夜が思い出される。

　河越城の城門が内側から開かれ、中から城兵が雪崩込んで来る、東明寺口《とうみょうじぐち》である。扇谷上杉朝定の陣は夜襲に備える間もなく、敵の波に飲み込まれた。敵は篝火《かがりび》をなぎ倒し、明かりを奪った。味方の見廻《みまわ》りの兵の松明《たいまつ》が二つ三つばかり揺れている。ほどなくしてその松明も、兵の叫びとともに掻《か》き消《き》えた。暗闇に目が慣れてくると、敵はみな腕に白い布を巻いているのが見て取れた。槍《やり》を摑《つか》み敵の中に飛び込む。迫る敵をかわし、朝定を探す。幾人かの敵を斬り朝定の元に辿《たど》り着く。朝定は既に絶命していた。

「氏康様は首を取っている時間ももったいないなんて言っていたけれど、これが扇谷の大将なら話は別であろうなあ」などと、取り巻く者が言っていた。

　大将を討ち取ったというのに、どうしていいか思案していたようだった。資正はその隙に入っていき、朝定が生き返るわけでないのはわかっているが、その敵兵たちを恨みに任せて夢中で殺《あや》めた。

空が明るくなり朝の訪れとともに敵は松山口へ兵を退いていった。資正の身近には敵兵の亡骸《なきがら》が転がるが後の亡骸はみな、味方の変わり果てた姿であった。資正の義父である松山城主の難波田善銀も井戸から遺骸が上がった。

今でもありありと、頭の中にその場面は写し出され、思い出す度に脈が速くなるのを感じた。迫りくる悲しみを何度も打ち払い、平常なる心を持つことを努めるようにした。そうすると累々と続いた扇谷上杉家、その家宰として今まで尽くした太田家の先祖からの思いが、ひとり生きている資正へと引き継がれる気がしてくる。

君をおきて　あだし心を　わがもたば
末の松山　浪《なみ》もこえなむ

舅《しゅうと》であり養父であった善銀が、かつて松山城を攻め取りに来た敵と和歌問答をしたときに敵に贈った歌である。主君である扇谷上杉から心変わりするようなことが私にもしあるならば、波がここまでは来ないということで有名な末の松山にきっと波が来ましょう。〈心変わりはありえません〉という意味であろう、善銀は和歌の返しに『古今集東歌』にあるこの歌を用いた。資正はこれを、何度か繰り返し、そして松山城の奪還を決意するのであった。

天文十五年（一五四六）八月二十八日。

資正は数人にて勝手知ったる松山城に忍び入り、北条の兵の手薄を衝《つ》いていとも簡単に松山城を奪還した。この頃、北条氏康は安房里見《あわさとみ》氏の佐貫城《さぬきじょう》攻撃の最中であった。

がらんと静かな松山城の大広間に月明かりが差す。天文六年（一五三七）河越を追われた扇谷上杉朝定を迎え入れ、扇谷上杉最後の砦《とりで》となった松山城。かつて朝定が座し、また善銀が座していた高畳。この場所に在りし日の朝定、善銀になぞらえ自分の身を置いた。二人の御魂《みたま》が乗り移ってくるような心地の中、

「我が道を示したまえ」資正はそう呟《つぶや》いた。

月明かりは青々と広間に差している。

資正が松山城を奪還したという武勇は、関八州を飲み込む大波のように瞬く間に広まった。

# 三平井

## (一)　陣触れ

倉賀野城主《くらがのじょうしゅ》倉賀野尚行《くらがのなおゆき》のところには、長野業政《ながのなりまさ》七女〈はな〉が嫁いでいた。倉賀野には、河岸《かし》があり、船荷の検《あらた》めや、許可証の発行なども行われ、物流の中心であった。はなはこれの手伝いをして商人との交渉なども上手《うま》く、才があるようであった。そういうわけで、はなはきれいな支度をして、髪を油で梳《す》き、おしろいをはたいて紅をさす派手やかな姫であった。

天文十六年（一五四七）閏《うるう》七月。

「それで姉上、先方はくじ引きで決めたとか。此度《こたび》の出陣、この間北条に大敗したばかりで信濃《しなの》まで攻めに行くのは危険だと父上も小幡《おばた》様も反対したそうです。それなのに、今度こそ管領職の職務として、志賀城主《しがじょうしゅ》笠原《かさはら》殿をお救いすべく援軍を出し、武田晴信《たけだはるのぶ》を叩《たた》くべきと軍議が決したという話です」はながゆりにそう一気に伝えた。

倉賀野尚行が関東管領山内上杉憲政《やまのうちうえすぎのりまさ》から志賀城攻めを命じられたのだ。

倉賀野城は城の南を烏川《からすがわ》が削った崖を利用していた。そしてその烏川を挟んで対岸から一里と離れていないところに、業政四女〈ゆり〉の嫁ぎ先である木部城《きべじょう》はあった。はなもゆりも何か心配ごとがあれば、お互いにこうして顔を合わせるのが常であった。

「そうでしたか、父も小幡様も出陣せずに、管領様の軍が武田に適《かな》いましょうか……」

ゆりは心配になった。

「そうです姉上、あの武田晴信でございますよ。六・七年前になりましょうか、父である信虎《のぶとら》を追放し家督を継いでより負けなしというではありませんか。いつも思います。戦など無くなればいいのにと」はなが言った。

「本当です、しかし私たちにできるのは、無事と勝利を祈りここを守ること。それから戦であっても、この船付場の流れを止めないこと、物や食糧が止まれば、それがまた争いの火種になってしまう」と、ゆり。

「そうですね、私たちにできることをいつもどおりに」

「ええ、つとめて普段を守ることもまた」

「はい、私たちの戦いなのかもしれませんね」

「はい、いつものように。明るくはならしく、私も私らしく……」そう言ってゆりは、草履をぬいで、裾《すそ》をたくし上げ川に足を入れた。

「ほら、はなも、気持ちいいですよ」

「もう、姉上ったら。私は遠慮致します。せっかくの着物が濡《ぬ》れてしまいます」

「ふふふ」二人の笑い声が河原にあった。

　空は青く、入道雲が育っていた。

## (二)　志賀城

　信濃国志賀城。

　ここを武田晴信の本陣が囲み、十五日ばかりの睨《にら》み合いが続いていた。城の蓄えも次第に減り、それでも城主笠原清繁《かさはらきよしげ》はじめ城内の兵たちは、関東管領山内上杉憲政が約束してくれた援軍の到着を信じて籠城を続けていた。

　睨み合いの状況に悪い変化があった。籠城の要である水の手が、晴信によって断たれたのだ。水の手が断たれれば、乾き死ぬより他ない。城の存続は水貯《みずた》めの水が尽きるところまでとなった。快晴が続き、山城は乾いていた。耳をすませば城下の谷を走る志賀川のせせらぎが無情にも聞こえてくる。

一方、倉賀野十六騎金井秀景《かないひでかげ》を先頭に組織した関東管領軍は、板鼻《いたはな》、安中《あんなか》、松井田《まついだ》を通り、碓氷峠《うすいとうげ》へと進軍していた。関東平野の終点である上野《こうずけ》は信濃に向かうにはどこを通っても峠となる。碓氷峠を登り上げ、標高が高くなると空気が乾き気温も下がり、清々《すがすが》しい思いになる。佐久《さく》は板鼻などと比べると標高が高く、登った分の三分の一ほど下るだけで済む。志賀城の手前、小田井原《おだいはら》で秀景は休止と号令をかけた。目指す志賀城まではおよそ三里だ。

晴信は、憲政の援軍が来るのを待ち構えていた。昨年の北条氏康《ほうじょううじやす》と憲政連合軍の半年の睨《にら》み合いの末、新興の北条が圧倒的な勝利を収めた〈河越夜戦〉その話を聞いた晴信は、

「管領憲政恐るるに足らず。関東管領、名ばかりであろう」と、若い闘志を漲《みなぎ》らせていた。晴信二十七歳である。

晴信はあらかじめ志賀城と手分けをして板垣信方《いたがきのぶかた》らに、小田井原で待ち伏せするようにと指示を出していた。

天文十六年（一五四七）八月六日。

遂《つい》に小田井原にて迎撃戦の火蓋が切られる。

秀景は油断していた、小田井原で迎撃があるとは夢にも思わなかったのだ。陣を立て直し防戦しようとするが、陣中みな混乱し、思うように立て直せなかった。

対して、信方は、

(思うたより、管領様の軍は少なそうだ。これはいける)と考えた。

そして、

(いや、待て、後詰も考えられるか。それならば……)

「後詰が来ぬうちに、一気に片を付けるまでじゃ！　全軍前へ！」信方がそう号令をかけた。

法螺《ほら》が鳴り響き陣太鼓が前進を伝える。管領軍立て直しもままならぬうちより、先頭から切り崩される。武田軍はなおも手を緩めず、管領軍の多くが小田井原の地に倒れ、小田井原一面の死骸と血に染まる。管領軍は志賀城へ後三里という所で迎撃を受け、無念にも引き返すより他なくなってしまった。

関東管領上杉憲政の援軍だけが望みの綱であった志賀城主清繁は晴信の奇妙な行動

によって援軍はもう来ないと悟ることになる。晴信は小田井原に散った管領軍の首級を志賀城の城柵に一級ずつ顔を城内に向けて飾り付けていったのだ。まさに、〈地獄絵図〉である。志賀城内に残っていた女、子どもは自分たちの未来を見たように思い、恐怖に顔を引きつらせ、泣きだした。生きた心地のしない数日が経《た》ち、それでも清繁は籠城を続けた。

　そして晴信は、この籠城戦の総仕上げとして、城に火を放ち、曲輪二つを焼き払った。火を消そうにも水は尽きた。城門より打って出た清繁の嫡男は、勇猛に立ち回るが、多勢に無勢、武田方に取り押さえられ、首を取られた。清繁は嫡男が誠の武士であることを誇りに思った。清繁は、最期の力で敵を三人斬るも抵抗空しく、首を切り離された。

　城内に残る者は、生け捕りとなり、甲斐《かい》に送られ金銭と交換で解放すると連れ去られたと伝わる。

## ㈢　故郷の山

河越夜戦に引き続き信濃でも辛酸を嘗《な》め、帰陣する武者たちを覆う空気はどんより重たかった。しかし、見慣れた妙義《みょうぎ》・榛名《はるな》・赤城《あかぎ》など山々に迎えられると心が踊った。上野の地を再び踏めたことにみな安堵《あんど》した。

　木部城では帰陣した木部範虎《きべのりとら》が戦の荷を解き、およそ一か月ぶりの我が家の板間で足を伸ばした。床はひんやりとして、開け放たれた障子の向こうにはすすきや萩の中から虫の音が美しく響いてきた。

「ご無事で、なによりでございます」夫人のゆりが範虎の労をねぎらった。

　範虎は暫《しばら》く聞けなかったゆりの静かな声に懐かしさを覚え、ここひと月のいろいろが水に溶けて癒やされていくかのように感じた。

「留守をありがとう」範虎が言うと、ゆりはこくりと頷《うなず》いた。

「しかし、無念であるものだ、あと少しで志賀城というところだったのに、ついに志賀城を望むこともできないで帰ってきてしまったのだからなあ。笠原殿には、申し訳のないことだった。して、箕輪の親父《おやじ》殿は健勝であられるか？　何か患いをなさったとか」

「いいえ、何も聞いていませんよ」

「そうか、やはりご嫡男の吉業《よしなり》殿を失われたのがよほど堪《こた》えておいでなのか。それとも山内上杉家に愛想が尽きたか。ゆり如何《いかが》思う？」

「父が山内上杉家に愛想が尽きたなど、ありえないことですわ」

「ならばどうして此度《こたび》は」

実は、範虎含め、志賀城の救援に向かった上野の諸将は、箕輪城長野業政や、国峰城《くにみねじょう》小幡憲重《おばたのりしげ》が後詰を寄越《よこ》すと期待していたのだ。しかし、長野も小幡も遂《つい》に動かなかった。

「範虎様、私が箕輪へ行き父に話を聞いて参りましょうか？」

「うむ、そうしてくれるか？」

「はい、では明日にでも」

翌日、ゆりは侍女の久屋《ひさや》を供に付けて箕輪へと向かった。烏川を上流に向かう、和田城《わだじょう》を過ぎ眼前に雄大な榛名山を望む。ゆりの大好きな景色のひとつだ。

「美しうございますね」立ち止まって雄大な榛名山を見つめるゆりに、久屋が声をかけた。

「私は榛名山が大好きです」

「そのようですね」

「いにしえからこの地を守り、人が人を殺《あや》めるこの世でも変わらず私たちを見守っている。この榛名に抱かれていると思えば、私の心は平らかにあの鏡のように静かな伊香保沼《いかほぬま》のように落ち着いてまいります」

「姫様は幼き頃からそうでした。よく喧嘩《けんか》に負けて榛名白川《はるなしらかわ》まで下りて行っては榛名山を眺め泣いておられました」

「まあ恥ずかしい、だからでしょうか、無性に榛名に帰りたいような気分になることがあります。父上も母上もお優しくしてくださいましたが、私の父母はあの榛名のような気までしてしまいます」

箕輪城。

「ゆり、よう参った。みな健勝であるか？」

「はい、父上」

「志賀城では残念なことであったな」

「はい、みな父上が志賀城攻めに加わらなかった理由を思案しております。武田や北条の与力になろうと考えていて動けないのではないかと、そんなお話まで出ておりますわ」ゆりが言った。

「いやいや心配は無用じゃよ。吉業を失ってから最初の盂蘭盆会《うらぼんえ》であったから、御屋形様が気を利かせてくれたのじゃ。ちょっと御屋形様の気持ちに甘え過ぎたかの」業政はそのように、志賀城攻めに加わらなかった理由を話した。

「そういうことでございましたか。それを聞けば範虎様も安心致します」

「それはそうと、国峰城の小幡殿もなんやかんやと事情を申して動こうとしなかったようじゃのう。ゆりは、はつと仲がよかったではないか、何か言っておらんか？」

　たしかに、ゆりははつと仲がよかった。ゆりが木部に嫁すとき小幡家に嫁いでいた姉のはつは、「これからは国峰城の奥方、木部城の奥方の立場として協力して家を守り、そして長野家のために尽くしてまいりましょうね」そう声をかけてくれた。

　ゆりや、ほかの城に嫁いだ姉妹たちもみな嫁ぎ先と長野家との関係をよいものにせんとの思いを持っていたはずだ。しかし、嫁にきてから過ごした月日のほうが、箕輪で過ごした月日よりも長くなっている。

「はい、確かにはつ姉様とは仲良くしておりましたが、河越合戦以降はどちらともなく疎遠になってしまい……」ゆりは答えた。

「うむ、そうか。小幡殿心変わりなど致しておらねばよいがのう」そういう業政の声を聞きながら、（はつ姉様すっかり小幡家の人になってしまったのかしら）ゆりはそんなふうに思った。

　秋空に蜻蛉《とんぼ》が飛んでいた。前にしか飛ばない様子から勝ち虫といわれる蜻蛉であるが、その目指す先が一緒でないならば、敵、味方となるであろう。一枚岩にはなりきれない関東管領山内上杉家の将来に蔭《かげ》りが生じる。

# ㈣　離反

一方、国峰城では長野業政の長女〈はつ〉が気を揉《も》んでいた。

小幡憲重・信実《のぶざね》は信濃志賀城攻めには加わらなかった、そして関東管領山内上杉憲政の与力であるならば、仮に軍議の場で出陣に反対と意見を出したとしても、憲政の決定に逆らうことはしないであろう。小幡家は上杉家を離れる心づもりがあるのではないか。業政の娘であるはつには何も話がないが、長いこと共に暮らしている信実の女房であるはつが気が付かないはずはなかった。

そんなある日。

「今さら、箕輪に帰れと申しまするか？」はつが静かに言った。はつの予想はどうやら当たってしまったようだ。

「はつのためを思うて、父と相談して決めたことである」夫である信実が言った。

はつは、困り顔の信実をしばし見つめていた。はつは信実より歳上、姉さん女房であった。だからはつは信実を未《いま》だ夫婦というよりは、幼い弟を見るような気がした。特にこの困り顔は、守りたくなる弟のようだ。

「はつは、長野家の長女である。過日の河越の戦で業政様のご嫡男吉業様は身罷《みまか》られた。義父上（業政）様も憔悴《しょうすい》極みでありましょう」信実は、はつに長野吉業の法要のため箕輪に出向き暫《しばら》く箕輪に留《とど》まるようにと勧めたのであった。

「……山内上杉家を離れようと決まったのじゃ」信実が言った。

「それで長野家とも縁を切ると仰《おっ》しゃるのですね」はつが言った。

「我らは北条氏康様へ忠義を見せるため、平井城へ攻め込まねばならない」

「なんてこと……」

「すまない、はつには今まで話せずにいたが、北条と通じておったのだ」

「……私が気付かないとでも思っておいでですか？」

「すまない」

　はつを見つめる信実の澄んだ瞳をはつは愛《いと》おしいと思った。そしてはつは今ようやく小幡家の大事を伝えられ、小幡家の人になれたように思った。それなのに、夫は離縁を望んでいる。

「小幡のために尽くしたいと思い生きてまいりました」

　はつは堪《こら》え切れずひとつふたつと涙を落とす。

「わかっている、はつはよく私を支えてくれた。これから小幡と箕輪は敵同士であるぞ？　今を逃せば箕輪へは帰れなくなるかもしれない」

「帰れなくとも構いませぬ。離縁もお受け致します。どうか今までの私は死んだことにして、下仕えとして働かせてはいただけませぬか？　それが無理であるならば」はつは、懐中より短刀を取り出《いだ》し自らの首筋に押し当てた。

「はつ、何を馬鹿な。その短刀を下ろして」

　はつは首を横に振る。

「わかった、はつ、二度と箕輪へ帰れとは言わない、共に生きよう。さあ刀を下ろしなさい」

　はつはゆっくりと握っていた短刀を下ろし、声を立てて泣いた。

「すまなかった」信実はそう言って、はつを抱いた。


　天文十七年（一五四八）十二月。上野小幡国峰城下にかの赤備えの部隊が控え、出陣の合図を静まりかえって待っていた。凍《い》てつくような冬空に吐く息は白い。

幾代も前から、関東管領山内上杉家を支え続けてきた上野の雄である小幡家当主の決断は重かった。

小幡憲重・信実父子が、関東管領山内上杉憲政の平井城をめがけて攻め込んだ。まさに青天の霹靂《へきれき》、寝耳に水とはこのことである。辻《つじ》で斬り合いとなり、憲政家臣の小林平四郎《こばやしへいしろう》は傷を負った。平井城に詰める兵はすぐさま門扉を閉じ、槍《やり》を手に、あるいは弓を構える。知らせを受けた憲政が、

「何事じゃ！　国峰小幡が不忠義を？　間違いではないのか？　なぜだ！」と動揺し、城の物見櫓《ものみやぐら》に駆け登った。

そこにはよく知る赤備えと、見慣れた〈七五三の笹団扇《ささうちわ》〉旗が靡《なび》いていた。

「国峰小幡、本日より北条の与力となります」

城門の外からでも、憲重の声はよく通った。

「憲重よ、わざわざ挨拶に参ったか！」物見櫓の上から憲政が声をかける。

「若っ」と憲重。

「なんじゃ！」憲政が応じる。

「……」憲重は言葉に詰まる。

ようやく城の兵の備えが整い、兵たちは憲重めがけて矢を浴びせた、小気味よい音

で矢が宙を切る。

「若っ……」憲重は涙を堪《こら》え佇《たたず》んでいるように見えた。

「やめよ、やめよ」憲政は城兵たちに矢を放つのをやめるよう指示をした。

矢の雨が止《や》んだ、平井城追手門、小幡憲重は深々と頭を下げ、「お世話に、なり申した」そう言ったように聞こえた。そして、そのまま来た道を引き返す。

「憲政様！」城兵が憲政の指示を受けようと声をかける。

「よい、追わずともよい」憲政はそう言った。

城兵はあっけにとられ、

「え。えっ」と間の抜けた返事をした。

「もう、よいのじゃ」憲政はそう言うと何事もなかったかのように、物見櫓を後にした。

その背中はひどく寂しそうであった。

一方の国峰城では、城に戻った憲重が男泣きしていた。

「あの時まさに、九つの憲政様を担ぎ上げ。憲政様のために、安中殿を助け、長野殿を敵にまわし戦ったのじゃ。その憲政様を、わしはわしは……」

覚悟の上とはいえ、情に厚く裏表のない男である。

「父上、北条様のところから伝令がございました。約束どおり北武蔵《きたむさし》の地を下さるとのことにございます」信実が伝える。

「そのような土地欲しさに憲政様を裏切ったわけではないのだ！」

「わかっております、父上」

信実は父の気持ちがよくわかった。しかし今の関東管領山内上杉に何ができようか、山内上杉という泥舟にいつまでも付き合って乗っていることはできないと感じていた。父の涙とは裏腹に、信実には幸先のよい船出に感じられたのだった。

果たして、業政はじめ関東管領上杉家の元に集う領主たちの心配は現実となり、小幡憲重は反旗を翻《ひるがえ》した。後に業政は、「はつは箕輪に帰るよう勧められたが、箕輪に帰るくらいであればここで自害致しますと覚悟を示し、そのまま妻として小幡家に留《とど》まることになった」と、人々の噂話《うわさばなし》で聞くことになる。

そして、はつからの便りは途絶えたままである。

平井城では憲政やその馬廻《うままわ》りの者たちから国峰城に攻め込もうという話が起きないわけでは無かったが、それを実行できる力を持ち合わせてはいなかった。

## ㈤　大　嵐

天文十九年（一五五〇）八月、厩橋城《まえばしじょう》である。

吹き荒れる大嵐に手の打ちようなどあるはずもなく、大風と大雨に任せ、ただ天に祈るような一晩であった。夜の利根川《とねがわ》は川幅を倍以上に膨らませ轟音《ごうおん》を響かせる。夜明けとともにほどなくして風が止《や》み、空が抜けるように高くなる。

「みな無事であったか？　被害のあった者は申し出るようにの」厩橋城城主の長野道賢《ながのどうけん》がそう言った。

「それから、家が流されたものは寺を開けておりますから、そちらへ」道賢の室であることはるが指示を出す。

「奥方様、お城は……」城下の家の女がそう言った。利根川が削った崖を利用して造った厩橋城である。城下がこれだけ被害を出しているのだ。無事であるはずはない、それは城下の誰もが知っている。

「大丈夫です、昨日の内にみな避難が済んでおります。さあ、手があるのならば炊き出しを手伝ってくださらない？」こはるがそう言った。人は無事であったのだ、それでよい、自然の脅威の前に人は小さい。こはるは率先してこの大風からの立ち直りのための指揮をとった。

「こはる、そちらはそなたに任せてよいか？　お爺様《じいさま》と城を見て参る」道賢が言った。

「はい、お任せください」こはるは小柄であるが、鍛え抜かれたしなやかな体つき、それにふさわしく強くしなやかな心を持っていた。


　厩橋城のあったところの崖は崩れ、河原に本丸の大屋根の一部が流れついていた。道賢は被害状況を確認するために祖父である、長野賢忠《ながのけんちゅう》と共に城を歩いた。

「見ろ、道賢、三の曲輪しか残らなんだ！」賢忠は言った。

　今回の大水で本丸、二の曲輪が利根川の濁流に飲み込まれてしまっていた。

「うわあ、これはむごい！　みなが避難して本当によかった」道賢が言う。

「坂東太郎《ばんどうたろう》（利根川の異名）の大暴れじゃ」賢忠はそう言って皺《しわ》だらけの顔をなお皺

だらけにして、いたずらを企《たくら》む童のように、にやっと笑った。

「これは普請が大変ですね」と深刻そうに話す道賢をよそに、

「ひっひっひっ。まあな」と賢忠はやけに楽しそうである。

「実はな道賢、わしはひとつ賭《かけ》をしておったのじゃ。この坂東太郎がもし東から西へ針路を変えれば、わしも従おうと思うての」

「どういうことです？」

　今回の大水によって、厩橋城の東を流れていた利根川は西へと変流していた。

「つまり相模《さがみ》（北条）に付くということだ。坂東太郎の決めた事だ。間違いあるめえよ」

「そ、そんな。本気ですかお爺様《じいさま》」

「本気じゃ」

「今までずっとお支えした、上杉家を裏切るのですか？」

「人聞きが悪いな、裏切るというよりは、北条に付くのだ」

「同じことです」

「いやいや、全然違うぞ。関東の弱小領主であるわしらは頭を使わなければ生き残れぬ。北条に付くが、上杉を裏切ることもせぬ」

厩橋長野賢忠、齢《よわい》七十近いというのに飄々《ひょうひょう》として達者である。いかにも乱世を漕《こ》ぎ渡ってきた熟練の武士であり、一城の主といったふうである。

また、箕輪長野業政の先代、長野方業《ながのまさなり》とは兄弟であった。戦国における長野家の隆盛を築いたのもこの、二人の働きが大きいだろう。

「箕輪はどうするであろうかのう。最近平井にも顔を見せていないと聞くが、業政も北条か、それとも武田に通じているか。おぬしどう思う？」賢忠が言った。

「えええ？　武田ですか!?」

「そうだ、ほらお前がこはるを業政のところから嫁に貰《もら》ってすぐのころ、箕輪には海野《うんの》一族の真田《さなだ》なにがしが来ていただろう、業政はよっぽど恩を売ったからなあ。その見返りがあったって、おかしな話じゃないだろう」

「ああ、確か上杉様に助けを求めに上野へ来たのに、敵である武田に出仕すると決めて、それをお義父上（業政）が慈悲をかけて、見逃したとか」

「そうじゃ、見逃したばかりか、馬まで貸してやった」

「そうなのですか、はっは。お義父上らしいお話です。聞いてみましょうか、ご本人に」

「馬鹿、そんなの上杉って言うに決まっておるだろ」

「そうですか」

「そうだ、しかし胸のうちはわからんぞ、言葉などいかようにもなる。真面目だがしたたかな男だ。よいか道賢、口ではこう、胸の内ではこうと、みなやるだろう、だからな言葉もそうだが、それ以外をよく観察せよ。今までの行動から推測せよ。

それからな、わしには今まで温めておいた秘伝の縄張りっちゅうのがあるんだ。築城名人太田道灌《おおたどうかん》もたまげる自信作だ」

まるで、城が崩れるのを待っていたかのような言いように、道賢は苦笑いをするしかなかった。

そして、大風で厩橋城が崩落したことは箕輪へと伝わるも、これを機に厩橋長野が北条に従おうと決意したなどとその時はまだ考えもしない業政であった。

## ㈥　新たな年

天文二十一年（一五五二）正月。

北武蔵《きたむさし》国境付近のの譲原城《ゆずりはらじょう》が北条の手に落ちた。また先ごろ下野佐野《しもつけさの》、上野新田《こうずけにった》あたりに北条軍が出没し村に火を付けたと聞く。一方、平井城はといえば、みな愛想を尽かせたのか、寄り付かなくなっていた。

「ああ、今となっては業政《箕輪のおじい》の説教さえも恋しいぞ」関東管領山内上杉憲政が言い放った言葉が虚《むな》しく広間に響いた。平井城の書院は正月だというのに、静まり返っていた。憲政が信頼を置いていた菅野・上原も最近行方を晦《くら》ました。

「なにやら、夢でも見ているような静けさだ」

京都から迎えていた紅霧・松霧・桜霧・藤霧・上霧という白拍子たちも暇《いとま》ごいをして帰ってしまった。

「いや、今までの賑《にぎ》わいこそ幻であったのか？」

火鉢の炭の燃える音さえ聞こえてきそうな年明けである。関東管領としてうだつの上がらない現状。歳《とし》も三十路《みそじ》となった、戦をすれば負けてばかり、信じていた家臣に裏切られ、敵はすぐそこに迫っている。

「はっはっは」憲政は白嘲した。

そこへ正月の正装をした龍若丸《たつわかまる》が飛び込んで来て、憲政の前で座して頭を下げ、

「父上、明けましておめでとうございまする！」と元気に言った。

「おお、元気がいいのう」と憲政が言うと、遠くより、

「若様、障子はきちんと閉めてくださいね。お父上様にご挨拶はされましたか？」龍若丸の乳母《めのと》が優しく言った。

　龍若丸は、

「しましたよ。しかしもう一度します！」と元気に出ていくと、今度は書院に入る手前で座し、障子を手掛かりの分を右手で開け、残りは左手、書院に入ると、また座して障子を閉め、すり足で数歩進み座して、両の手でこぶしをつくりそれを床にあて、深々と頭を下げ、

「新年を迎え、初頭の挨拶申し上げ候、初春の鮎川《あゆがわ》照らす日の光のように本年もまた、平井の城が関八州の民をあまねく照らし、この太平を揺るがす邪《よこしま》なものを取り除き天下平安となりますよう、お祈り申し上げ候」と自信たっぷり朗々と言った。

　憲政は笑って、

「立派な挨拶だが、二度目じゃぞ、一度目からそれだったらもっとよかったな」と言った。龍若丸も一緒に笑った。

さて、三が日も終わるころである。その噂《うわさ》は平井城下に流れ始めて、あっという間に広がった。

「二月の初めらしいぞ」

「小幡谷に兵糧を運ぶ北条の馬を見たぞ。ゆうに五十はいた」

「北条氏康直々に平井城を潰《つぶ》すらしい」城下の者はみな家財を伴って、避難を始めた。

平井城下は、また一段と静まり返った。

その日の夜、平井を訪ねて来たのは、惣社《そうじゃ》長尾《ながお》景孝《かげたか》だった。

「御屋形様、平井に北条が攻め寄せております」

「うむ、存じておる」

「逃げましょう」

「何を言う、平井を捨ててか？」

「一時離れるまででございます。また必ず戻れます」

「もうよいのだ。己の至らなさが結実したままでだ。おぬしにも迷惑をかけた。至らない主君であった、すまない」

憲政は逃げて恥をさらすよりも城を枕に果てようと最期を覚悟したようだった。

「何を馬鹿なことを仰《おっ》しゃっているのですか？」

「主君に向かって、馬鹿とまで言わなくてもよいではないか。後、長野にも悪かったと伝えてくれ。大事な嫡男を犠牲にして私はこのさまである」

「それを思うならば、まだまだ関東管領としてやるべきことがあるでしょうに。越後国《えちごのくに》へ向かいましょう」景孝が言うと、憲政は何か察したようだ。

「そうか、越後が我らへの加勢を諾したか！」と俄然《がぜん》奮起し、続けて、

「まだ私を見捨てぬ者がおったか！」と自信を漲《みなぎ》らせていった。

「はい、足利長尾《あしかがながお》殿、梁田《やなだ》殿や横瀬《よこせ》殿、沼田《ぬまた》殿、それから長野殿もみなで意見をまとめてございます。御屋形様には一時越後に退いていただき、機を見て平井を取り返すという算段でございます」景孝が言った。

「うむ、相わかった。参ろうぞ」宵闇《よいやみ》に紛れ、憲政一行は、平井城を脱したのであった。

## (七)　雪の道

ちらちらと白いものが天界より舞い落ちる。平井ではるか遠くに望んでいた谷川岳《たにがわだけ》

が目の前に迫っていた。肩に積もる雪を手で払う、手に残った結晶、よくよく見れば御本尊様の後光のようであった。

「事態は差し迫っておりますので、申し訳ないが本日の夕刻、頼みます」

　平井城下の常光寺《じょうこうじ》に長尾景孝が来てそう言ったのが、もう幾日も前のように感じる。

（この老いぼれに何ができようか）常光寺の秀翁龍樹和尚《しゅうおうりゅうじゅおしょう》はそう思ったが、

（憲政様にお供しよう、それが己の天命であろう）と、心は静かだった。

　気がつかないうちに歳《とし》だけは重なっていくものである。大切な守り本尊の地蔵菩薩《じぞうぼさつ》を背負っている和尚は、みなに引き離される。仕方なく他の者に背負ってもらう。

（地蔵菩薩様もお許しくださるだろう）背負うていた地蔵菩薩の分、身軽になったものの、そのうちに膝が痛み出す。杖《つえ》を突いても、暫《しばら》くすると足をずりながら歩くようになってくる。

（お釈迦様《しゃかさま》はよく言ったものだ、四つの苦しみの一つは老いる苦しみか）最近耳も遠くなった。和尚はふと憲政の父憲房《のりふさ》の言葉を思い出した。

『だがのう、和尚。これがなかなか静かな心持ちなのだ。しかし、赤子の顔は見たかったなあ、でもこうやって隅々まで触ってやるとほれ、頭の中に顔が浮かんでくるぞ、中身がたっぷり入っていそうなぷくぷくとかわいい男《おのこ》だ』

　憲房の晩年は目が見えなくなっていた。子どもがいなかった憲房は、古河公方足利《こがくぼうあしかが》高基《たかもと》の子憲寛《のりひろ》を養子としてもらい育てていた。そこに憲政は生まれた。そして憲房は、跡継ぎに関して何も決めないうちに亡くなってしまった。大乱の世に生まれ落ちた憲政は、その後に憲寛との家督争いに担ぎ出され勝利する。

　父も母もいないまだ幼い憲政の取り巻きの中には、憲政を意のままにしようとする者もいた。憲政が年頃になると、女をはべらせて、現実を見せないようにした。快楽と堕落は地獄への導きだ。しかし、その中で憲政は、己を高めようとよく和尚を屋敷に呼んで教えを学んだ。みなが言うように愚かな将ではない。和尚だけは知っていた。

　無情にも空から舞い落ちる雪は、吹雪となり遂《つい》には視界が遮られるようになっていた。またしても、みなの歩みから引き離されてゆく。一行が立ち止まる。

「和尚、無理をさせてすまなかった。これから先は、和尚にはきつかろう。ここに留《とど》まってくれないか」憲政が和尚に声をかけた。

　越後との国境も近い水上《みなかみ》の地である。ここから先はさらに雪深い三国峠《みくにとうげ》を越えなければならなかった。

「若様の言うとおりにございます。私はここまでにさせていただき、若様の無事を願いましょう」

「何案ずるな。またすぐ平井に戻れる」憲政はそう声をかけた。

## (八)　浜　辺

波が寄せては返す相模国小田原一色《さがみのくにおだわらいっしき》の浜辺である。

午前中の太陽は、雲間より一筋の光を垂らし、それはまるでこの地で果てた少年の御霊を天へと昇らせる梯子《はしご》のようであった。

あわれ龍若丸は、平井城から遠く離れたこの地に連れてこられ殺された。龍若丸は決して、自分を置いて越後へ向かった父を恨みはしなかった。関東管領山内上杉憲政の嫡男として、終生北条氏康のことを、太平を乱す憎い敵だと思いながら世を去った。

北条氏康の軍勢と、平井城に残った管領軍は上野・武蔵国境を流れる神流川《かんながわ》の藤岡河原《ふじおかがわら》で対峙《たいじ》した。平井城に寄せるという噂《うわさ》を信じた諸将は龍若丸を御嶽城《みたけじょう》へ入れ平井の首尾に着いた。

「平井ではなかったのか？」諸将は〈御嶽城〉から火が出ていることに驚いた。

「龍若丸様をお助けしなければ」と思ったのも束《つか》の間、敵は平井にも流れ込み城を焼いた。敵の先鋒《せんぽう》は、先ごろ関東管領山内上杉を見限った武蔵国花園城主藤田康邦《むさしのくにはなぞのじょうしゅふじたやすくに》であった。新たに味方に付いた人々が先鋒に立たされるのは、この時代の常套《じょうとう》である。御嶽城を守っていた御嶽城主安保《あぼ》父子は降伏、龍若丸は小田原へ連れていかれたのだった。

　天文二十一年（一五五二）五月のことである。


　北条氏康は、志のあるまっすぐな瞳の少年を殺すのは忍びないと思った。しかし、青年は目下の敵、関東管領山内上杉憲政の嫡男である。

（出会い方さえ違っていたならば、龍若丸を殺さずに生かしておれたでしょうに）氏康はそう思いながら、目の前に出された、龍若丸の首級を眺めていた。陶磁器のように白くてなめらかな少年の頰、つややかな髪は神々しさに満ちていた。

# 四大義

## (一) 水上

天文二十二年（一五五三）七月。

山内上杉憲政《やまのうちうえすぎのりまさ》が平井《ひらい》を追われて一年と半年が過ぎようとしていた。

憲政は一度越後《えちご》に入り、長尾景虎《ながおかげとら》のところに一時期身を寄せていたが、再び上野《こうずけ》に戻り、秀翁龍樹和尚《しゅうおうりゅうじゅおしょう》が水上に結んだ庵《いおり》に、身を寄せた。

業政はここを訪ねることにし、馬を走らせた。

平井の御屋敷と比べればとても狭いその庵であるが、木々に囲まれよい風情であった。

業政が門を潜《くぐ》ると、

「おお、長野ではないか！　久しいのう」そう憲政から声がかかった。

業政は憲政の声が存外明るく爽やかであると感じた。

「御屋形様、御無沙汰《ごぶさた》しております」業政が言った。

「よく来てくれた」憲政は手ずから茶を点《た》てる。

静かな時が流れている。

「みな、息災であるか」

「は、御蔭様《おかげさま》で」

「平井を取り戻せず、すまなかった」

　昨年の正月、憲政は長尾景虎《ながおかげとら》を頼り、雪の三国峠《みくにとうげ》を越え越後の地を踏んだ。そして半年後の、昨年八月に一度、平井に向け兵を出した。しかし、不首尾に終わった。憲政は越後に居場所を見出《みいだ》せず、再び上野と越後の国境《くにざかい》のこの地を踏んだのだった。

「昨日は沼田顕泰《ぬまたあきやす》が来てくれた。厩橋《まえばし》の姫を貰う日取りが決まったとうれしそうに話していった」

「然様《さよう》でございましたか」

「これでまた上野の結束が強くなるな」

「はい」

「私も落ちぶれたもので、ろくに祝ってやれないどころか、面倒をみてもらっているというわけだ」憲政はしかし現状を嘆いてはいない様子だった。むしろ関東管領職という重たい荷を降ろし静かな時を楽しんでいるようにも見受けられた。

　憲政の脇には読みかけの本が積み上げられていた。業政の視線がその本に注がれて

いるのに気が付いた憲政は、

「ああ、これか、和尚から薦められて読んでおるのだ」そしていつになく柔和に微笑《ほほえ》んだ。

（御屋形様、お人が変わられたように穏やかになられた）

業政は憲政の変化に好感を持った。

（かつての関東管領の権威はすべて北条へと移ったが、やはり、わしの心は北条へとは移らぬようじゃ）業政は、自分の心になんの偽りもなく、

「御屋形様、再び関東をお治めください。箕輪長野業政、御屋形様に終生お仕え致します」そう憲政に声をかけていた。

## ㈡ 草津

天文二十二年（一五五三）八月箕輪城。

長野業政が水上から戻ると、かつて箕輪に寄せたことのあった、真田幸隆《さなだゆきたか》より文が届いていた。

業政はそれを、持って持仏堂へと向かった。内容の見当は付いた。おそらく武田へ
の誘いであろう。
堂内にて御仏を前に座し、文を広げる。
『あの頃の、箕輪での日々が偲《しの》ばれます。山内（上杉憲政）様も上野を離れました。
これを縁に再び親交を深めたいものです。甲斐《かい》の主も私と同じ思いでおります。
（天文二十二年八月　日）　真田弾正忠幸隆（花押）
長野信濃守殿　』

昨年の北条氏康による平井城攻めで、山内上杉憲政は越後に逃げ、業政たち上野の諸将は山内上杉家に代わり北条家の傘のもとに入らざるを得ない状況となった。そして、山内上杉家の不在を知った武田晴信《たけだはるのぶ》もまた、国土を広げようと誘いをかけてきた。

業政は、七年前に亡くなった嫡男吉業《よしなり》の位牌《いはい》に向き直り、

「吉業も幸隆殿のことを好いていたな。幸隆殿がいらした頃はまだ平井に山内、松山に扇谷両上杉家が健在で上野の領主たちは一枚岩で希望があった。そうじゃろ、吉業」

そう過去を懐かしんだ。

「しかし、御屋形様がご無事でいらっしゃる限り希望はある。そうであろう？
仮に、心まで北条に預けてしまえば、仮に、武田に与《くみ》そうと心に決めてしまえば、御屋形様を守って死んだ吉業の想《おも》いはどうなってしまう？」業政は未《いま》だ憲政を関東管領とし、その与力とし支え続ける大義を己に落とし込むようにそう言った。

『箕輪に業政ある内は、碓氷峠《うすいとうげ》を越えて馬に草を食べさせられるとは思わないで欲しい』

十年前、余地峠《よじとうげ》を越え佐久《さく》を抜け甲斐へ向かう幸隆の背中に業政が届けた言葉だ。

「幸隆殿、やはり甲斐へは行けぬよ」業政はそう呟《つぶや》いた。

と、そこへ、

「やっと見つけました。また吉業とお話しでございますか？」業政の室であるきぬが、業政の姿を認めてそう言った。

「うん、まあな。何かござったか？」業政は、幸隆からの文を畳み懐にしまいながらそう言った。

「何って、もう。小幡図書助《おばたずしょのすけ》殿がいらしておりますよ。お前様からお約束されたのではございませんか？」

「おお、そうじゃ、そうじゃ。今参る」

　小幡図書介景純は国峰城《くにみねじょう》の小幡信実《おばたのぶざね》の弟であったが、兄信実とは意見を異にして上杉派であった。そして、業政次女の嫁ぎ先である。

「婿殿、よういらしてくれた。ちょっと相談なんだが」業政は、景純の姿を見てその横に座って、懐からあの幸隆からの文を取り出した。

「義父上、これは」

「そうじゃ、真田幸隆殿からの誘いの文じゃ。どうやら真田殿、武田晴信の命であろうの、箕輪を調略しようということらしい」

「ええっ！　義父上。それでお返事は如何《いかが》致したのですか？」

「まったく、困ったことになったのう」

「義父上、武田に付こうかとお迷いなのでございますか？」

「いや、わしではない。わしは武田には付かん。婿殿、真田殿が文を出したのはわしだけではないようだ。国峰城の小幡父子を誘いこんでいるようじゃ」

「あ、国峰の父と兄は草津へ湯治に出かけたそうでございますが、もしや……」

「さすが婿殿察しがよいのう。湯治とは名ばかり、武田晴信殿のところに御謁見の企《たくら》みでもござるのではなかろうか？」

「ありうる話でございます」

「うむ、ところで婿殿のところには、真田殿からのお誘いは来ておらぬのか？」

「来ておりません。もし来ていたら真っ先に義父上にご報告にあがります」

「そうか、そうか、頼もしい限りじゃ。婿殿、実はわしはのうおぬしこそが、小幡家の当主にふさわしいと、前々から思うておったのだ」

「義父上、何を突然。どうして私が当主になれましょうか」

「この辺りは、北条の領地と化した。しかしなあ、わしの心は未《いま》だに、関東管領山内上杉憲政様と共にあるのだ。平井に帰ってきて欲しいと思っておる。上杉家に仕えていた諸将はみな志を一つに御屋形様のご帰還をお待ちすべきだと、そう考えておる。

　ところがじゃ、婿殿の兄上も父上も新しいもの好きじゃ、早々に北条に仕えると申して、それどころか、今度は武田に通じようとされておる。これではのう御屋形様にお帰りいただくのに都合がよくないのじゃ……」

「つまり？」

「はっはっは、婿殿、わが兵をお貸ししよう。どうだ、国峰城を任されてくれないか」

「えええっ、私がですか⁉」景純は心の底から驚いた。

兄には何をしても勝ることはないと思ってきた景純である。そんな景純に上野の雄と呼び声も高い、業政が、兄の城である国峰城の主にふさわしいのは景純である、と認めてくださっている。

(自分のことをわかってくれるのは、箕輪の義父上だけだ)景純がそう考えるのもごく自然である。

景純は業政の提案を受け入れた。

## ㈢ 国峰

天文二十二年(一五五三)九月。国峰城に夜が明ける。

この時間であれば、城を守っているのはごく少ない見張りの兵だけである。またその兵のあらかたは、既に長野業政・小幡図書介景純の味方であった。業政と景純は、武装をし、まだ暗いなか国峰城を囲み、追手門より堂々と城内へ入る。いくら険しい山城であろうとも、内側より開いてしまえばわけも無い。あまりに突然の事態に、小幡憲重・信実派の兵たちは業政らの来襲にあっけにとられるばかり。多勢に無勢、なすすべもなく国峰城は制圧された。

　国峰城へ住み込んでいる女男どもが、まだ日の昇り立ての御殿曲輪《ごてんぐるわ》の庭に出された。着替える間もなかったのであろう、寝巻きに羽織をひっかけたような姿である。何が起きたのかわからないまま庭に出ると、槍《やり》を携えた兵に囲まれた。ひときわ目に付く鎧《よろい》姿の武士、兜《かぶと》の前立てには鍬形《くわがた》の中央に正面を向いた龍《りゅう》が睨《にら》みを利かせている。

「箕輪の長野様だ」心あたりのある男がそう言った。

「そうだ、箕輪長野様それから、小幡図書介（景純）様もおいでだ」別の者がそう言った。と、

「御台様っ」ひとりの侍女が悲鳴にも似た声を発す。

　業政の長女であり小幡信実に嫁いだはつが後ろ手に縛られ、業政の前に連れ出されたのだった。はつを業政のところに連れ出し、業政の脇に控えているのは、言わずと知れた上野一番槍《こうずけいちばんやり》、上泉伊勢守秀綱《かみいずみいせのかみひでつな》であった。

「はつ姫様をお連れ致しました」秀綱はそう業政に言った。

「うむ」業政が言う。

押し入った時に薄暗がりだった城内が、朝日に白く照らされる。

その朝日を背負い、

「各々方《おのおのがた》、只今《ただいま》より、国峰城はこちらにおられる、小幡図書介景純殿を主とする。異論のある者がおられれば、即刻立ち去り、二度と戻らぬよう」業政が高らかに言った。

国峰城に詰めていた人々はざわめいた。

「よいか、みなの衆。関東管領上杉様は必ず、必ず上野平井にお戻り遊ばされる。北条が国峰に何をしてくれたのか、わしにはわからない。しかし、関東管領上杉家の長年のご恩を忘れた者はおらぬであろう。この地は再び関東管領山内上杉憲政様の取り戻す地でござるぞ。そのことをゆめゆめ忘れてはならぬぞ！」業政が声を張り上げる。

みなそれを押し黙って聴いていた。その静寂を裂いて、

「父上！」はつが言った。

「はっ、はつはわしと共に箕輪に戻ってもらう。よいな」

業政の言葉にはつは頭を振った。

「嫌でございます。父上、いいえ、もう父上とも思えません。主の留守を狙って、城を乗っ取るなど、非道でございます！」

「はつの夫が何をしようとしているか。お前ならば知っているであろう」

「どういうことです？」

「小幡憲重殿、信実殿は、草津ではない、甲斐の太守武田晴信殿に謁見なさりにいったのだ」

聞いていた城の者たちは驚きの声を漏らす。

はつは何をそんな当然のことをとでもいうように、

「はい、存じております」と言い放った。

「はつ、はつは長野の姫であろう。武田は付くべき相手ではない。わかるであろう」

「お言葉でございますが、今越後にお隠れ遊ばした憲政様にいったい何ができるというのでしょう」

「御屋形様は越後国へ向かわれた。しかし、それは一時のことである。御屋形様は越後の長尾殿の力を得て必ずお戻りになられる。この国峰城を武田晴信殿にお渡しすることは断じてできない」

業政に誤算があったとすれば、頑《かたくな》なはつの態度であろう。

「はつ、わかってくれ。箕輪へ帰ろう」

「嫌でございます」はつは、父業政そして、義弟の景純をキッと睨《にら》んだ。景純は、

「はつ姫様、私が兄上並び父上を説得致します。二人が上杉家に従うと心を入れ替えてくれるのであれば、よろこんでこの城をお返し致します。どうぞ、はつ姫様一時箕輪へお戻りくだされ。きっとまた、国峰城に戻れます。どうぞ、それまで箕輪のご実家でお過ごしくだされ」と言った。

はつは首を縦には振らなかった。かくして、業政の目論見《もくろみ》どおり国峰城は、小幡図書介景純の城となる。

## ㈣　星明り

星明りに照らされる箕輪城。

城下からは夕餉《ゆうげ》の支度のかまどの煙が幾筋か立ち上り、風に揺れていた。長野業政の長女はつは、国峰城に居場所を失い、実家である箕輪城の一室に連れてこられた。先ほど夕餉の膳を運んでもらったが、はつはその膳を見つめるだけで手を付けようとはしなかった。悔しくて悲しくてどうしようもない気持ちだった。国峰城ではつは、

用心していたはずであった。しかし、旧体制の上杉家を慕っている者が城内には多かったようだ。城はすんなりと業政の策どおり開城し、国峰城は小幡図書介景純の城となった。

「信じていたのに……」はつは呟《つぶや》いた。

国峰城の留守を預かっていた諸将のことも、義弟の景純のこと、妹のこと、そして実父業政のことも。はつの手首には、はつのいる部屋に突然押し入ってきた長野方の兵に縛られた縄の痕《あと》がまだ消えずに残っていた。

「……あ」はつはそれに気が付くと、余計に悔しくなってきた。涙があふれて、声も立てずに泣いた。

部屋を仕切る障子の先の縁側、見守りを頼まれた上泉秀綱が座していた。秀綱は大胡領上泉城《おおごりょうかみいずみじょう》の城主であるが、業政は秀綱の才能を買っており、箕輪に道場を建て秀綱を道場の師として呼んだのだった。そして、志ある者であれば、老若男女区別なく稽古をした、それは、長野の姫とて例外ではなかった。秀綱が箕輪に持った道場には、秀綱の剣術を見ようと門弟だけではなく人が集まった、村の若い女たちは黄色い声で秀綱の名を呼び、姿を見れば頬を赤らめたりもした。静かな瞳に、引き締まった躯体《くたい》、竹刀を持てば瞬く間に相手の隙に入り、切っ先が喉元すれすれで留め置かれ、相手はそれ以上動けない。切っ先は円を描くようになめらかで、まるで、相手の心と少し先の未来が見えているかのような無駄の排された素早い動きは、見ていて美しく見とれてしまうほどだ。

箕輪の女子《おなご》たちの初恋の君はこの秀綱だという子らも少なくはない、それは箕輪の姫様方とて同じである。そういうわけではつも上泉殿には心を開いてくれるのではと思い、国峰城攻めに業政は秀綱同行を頼んだのだった。

障子が内側より開く、はつは目を真っ赤に腫らせて出て来た。

「はつ姫様、どちらへ？」秀綱がやさしく声をかける。

「夫のいるところへ参ります」とはつが返した。

「箕輪ではなりませぬか？」秀綱が問う。

「ここに私のいる場所はありません」

「小幡にもないのではありませんか？　お父様は武田には付きませんよ。小幡様は武田に付くのでしょう。はつ姫様は長野家の姫君です。武田に付く小幡様のお邪魔になりましょう」

「わかっております。国峰で過ごした月日が長すぎたのかもしれません。もはや、箕輪にいることはできません。小幡の人間として最期まで生きて死んでいきたいと思われるのです」はつはそう言って一礼をし、そのまま城の虎口へ向かって歩みだした。

「はつ姫様、お待ちくだされ」秀綱がはつに声をかける。はつは、振り返る。

「私が小幡信実様のところまで、お供致しましょう」と秀綱。

「誠に？　よろしいのですか？」

「はい、ただし今すぐにとはいきません。明日の朝出立致しましょう」

「本当に明日の朝ここを出てよろしいのですか？　秀綱様が父に叱責《しっせき》されるのでは？」

「大丈夫ですよ。大殿（業政）も、きっとご理解されます」

「えっ」はつは驚いた。

　はつは、業政ははつのことを今後一切小幡に帰らせるつもりなどないだろうと思い込んでいたのだから。

「明日は歩きますよ。夕餉《ゆうげ》を召し上がられたほうがよろしいのではありませんか？」

「そうですね、そうさせていただきます」

はつは夕餉を召し、布団に入る。そして暗い天井を眺めていると、国峰城に嫁ぐ前の晩のことが想《おも》い起こされた。

今日と同じ星のきれいな夜だった。

「長野家と小幡家が末永く手を結んでおりさえすれば、この西上州何があっても揺らぐこと能《あた》わずじゃ」業政がはつに言う。

「はい、父上。ここまで育ててくださりありがとうございます。小幡家に嫁ぎ、長野家のために両家の架け橋となれるよう尽力致します」はつは深く頭《こうべ》を垂れそう言った。

はつはこの婚礼の意味をよく理解していた。周囲の城と姻戚を結び関係を強める。それが長野家の力を高め、家を続けていくための政略である、そのための結婚だ。

「はつ、そんなに肩肘はらずともよい。信実殿は誠実でよい男じゃ。そのままのはつを大事にしてくれるはずじゃ。はつも信実殿との婚礼の話が決まったとたんなにやら美しゅうなったと、みな申していた」

はつが顔を赤らめうつむいた。

「はつはこの婚礼に何も意見せずただ『はい』とだけ答えてくれた。はつはしっかり者じゃ、きっと信実殿と似合いの夫婦になろう」業政はそこまで言うと、懐から、短刀を取り出し、はつに差し出した。

「はつの未来を切り拓《ひら》き、はつを守るだろう」

鞘《さや》に檜扇《ひおうぎ》の蒔絵《まきえ》が施されている。

「父上、ありがとう存じます。肌身離さず、生涯守り刀と致します」

長野家と小幡家の架け橋の役ができなかったばかりか、上杉の臣でありたいという父に、ひどいことを言ってしまった。

「ああ、父上ごめんなさい」はつは誰もいない部屋でひとり詫《わ》びた。

## (五) 甲斐

箕輪城。長野業政と上泉秀綱は星明りを眺めながら話し始めた。

「何、明日甲斐に向かう？　はつがそう言ったのか？」と業政。

「はい」と、秀綱は頷《うなず》いた。

「まったく困ったものじゃ」

　困ったと言いながら、その顔はうれしそうだったのを秀綱は見逃さなかった。

「わかっておられたのではございませんか？」少しいたずらっぽく秀綱は聞いた。

「何をじゃ？」

「はつ姫が、信実殿のところに行きたがることです」

「おお、そうじゃ。そもそもなぜ信実殿ははつを連れて行かなんだ？」

「それは、長野殿が攻め込むなどと思いもしなかったからではありませんか？」

「おう、そうか、それはいかんな、わしにだってまだ力はあるぞ、攻め入る隙をあんなに与えておきながらか？　わしは取ってくださいと城を置いていったのかと思うたぞ」

「それにしても、国峰城を奪うなどと、随分なことを考えたものです」

「焦りすぎたかの……」

「幾分。長野殿がそんなに好戦なお人だったとは、という者も多いでしょうね」

「しかし、上泉殿のおかげで上手《うま》くいった」

「はい、あ、いえ。長野殿の作戦どおり行ったまでです」

そして、夜が終わりを告げ空が白くなり始めると支度を済ませたはつは、秀綱と共に、誰にも告げずそっと西の虎口より城を抜ける。西の空には白い月が二人を見守った。見守るのは月のみで、誰の見送りもない静かな旅立ちだった。むろん、見送らないというのは、『目をつぶり見逃します。はつの素直な心に従って欲しい』という父業政の願いの現れだ。

果たして、はつは秀綱に付き添われ、内山峠《うちやまとうげ》を越え、小幡信実の元へと戻りそしてその後二度と業政のいる箕輪へ戻ることはなかった。

甲斐国《かいのくに》。躑躅ヶ崎館《つつじがさきやかた》。

「箕輪長野業政、いけすかん男だ。小幡殿が我が方へお味方くださるとわざわざ訪ねて来てくださったというのにその隙に、国峰を奪うとはな」武田晴信が言った。

「面目次第もございません」小幡憲重が言う。

「まあ奪い返せばよかろう。暫《しばら》くは、躑躅ヶ崎館の城下に留《とど》まり、軍議の際には参じよ。みなに紹介しようぞ。

　ところで、信実殿の室の長野の姫は箕輪に戻ったはずだな。改めて武田の者と縁組をなそうと思うが如何《いかが》であるか？」

「はい、そのことなのですが、実は……」

「何？　一度は箕輪に戻った姫が信実殿と離れたくないとまた戻って来たと言うのか。これも長野殿の策略か？」

「いいえ、強引に飛び出して来たようで」

「はっはっは。随分たくましい女子《おなご》ではないか。それでこの甲斐まで女子一人で参ったとでもいうのか？」

「いえ、供として上泉秀綱殿を付けて」

「あの兵法の上泉か。そうか上泉殿が甲斐へいらしたのか。会ってみたいものだ」

「既に、お帰りになりもうした」

「そうか、それは残念だ。長野殿しかり、上泉殿しかり、小幡殿しかり、上野には実に良き将がおられる。これを使えないで、越後に逃れた上杉憲政殿は関東管領にふさわしいとはいえぬな。

わしも上野へまで領地を広げ、上泉殿をぜひ味方につけたいものだ。小幡殿、甲斐に心を寄せてくれたこと、わしは感謝しておるぞ。長野の姫はよほど信実殿を信頼しておるのであろう。武田の縁者との縁組の話は忘れてくれ」

## ㈥　輿入れ

弘治二年(一五五六)厩橋城《まえばしじょう》。

長野業政の十女〈こはる〉が厩橋長野家に嫁いで十八年が経《た》ち、長野道賢《ながのどうけん》とこはるの間になしたひろこは、年頃の美しい娘になった。縁談の話がまとまり、ひろこは沼田城主《ぬまたじょうしゅ》沼田万鬼斎《ぬまたばんきさい》顕泰《あきやす》の次男、朝泰《ともやす》のもとに嫁ぐことが決まった。

沼田家は古くからの関東管領山内上杉家の被官であり信頼も厚い。また、顕泰の妹は、箕輪長野業政の室きぬであった。(注一)

「父上、母上、今まで育てていただきありがとうございます。お爺様《じいさま》も、たくさん面倒を見てくださりありがとうございます。お爺様どうか長生きしてください。それから、彦太郎《ひこたろう》どうかみなのこと頼みます」

ひろこが厩橋城の広間で父長野道賢、母こはる、曽祖父賢忠《けんちゅう》、弟の彦太郎に挨拶をした。花も恥じらうとはまさにこのことであろうと、父である道賢は思った。どの男親もそうであるように、自分の手を離れ婿殿の元に行く娘にいろいろな感情が入り混じり涙を堪《こら》え切れない。

ひろこは支度をして厩橋を後にした。厩橋城から利根川を上流に進む。ある程度進むと、それまでは、広大な関東平野を流れていた利根川が山と山の間を流れる。見慣れた平野が見えなくなり、ひろこは来た道を振り返った。

「だいじょうぶ、きっと上手《うま》くいくわ」ひろこは立ち止まって自分に言い聞かせてそれから再び歩き出す。

谷間を抜けると開けた台地となり家々や田畑が見えてくる。段丘の上に攻め難そうな沼田の城を認めると、不安だった心がまだ見ぬ夫、朝泰との新たな生活への期待に変わった。

沼田城に着いたひろこは純白の衣を身に纏《まと》い、朝泰の前に頭《こうべ》を垂れ、

「お初にお目にかかります。厩橋長野家より参りました。ひろこと申します。不束者《ふつつかもの》でございますが、どうぞ末長くお頼み申します」と言った。

朝泰がそれを受け、

「こちらこそ、どうかお願い申し上げます。ひろこ姫、美しゅうなりましたな。姫は覚えておらぬかもしれませんが、以前一度お会いしております」

不意を突かれる返事にひろこは驚いた。

「以前、厩橋城でふてくされていた姫にあったことがあります」

「あ！」ひろこにも覚えがあった。

※　※　※

厩橋城が台風で流され、城を再建した時のことだ。厩橋長野賢忠は、厩橋城内に広い板張りの道場を建てた。その完成を祝い、ひとつ試合をしてみようではないかと提案があった。そしてその試合の実行役は厩橋に嫁いだ業政の娘こはるであった。

「女子《おなご》は入ってはいけません、外で待っていなさい」こはるはひろこにそう言うと忙しそうに道場に入っていく。

「母上だって女子《おなご》ではありませんか！」ひろこは早速ふくれっつらでそう言った。

「怪我をしてはどうするの、外で待っていなさい」

ひろこは仕方なく庭の石に腰掛け、母の言うことに従うことにした。

「どうして、私はだめなのかしら、母上だって女子《おなご》なのに」と言いながらひろこはみなの様子を見ながら母を待つ。

そこにたまたま居合わせた幼い朝泰が通りかかった。事情を話すと、

「では、私がお相手になってさしあげましょう」と言って竹刀を渡した。

「本当でございますか」

「はい、どこからでも打ってきてみなさい」

「はい」

ひろこは竹刀を構えた。ひろこは筋がよく、

「わ、ちょ、ちょっと」と朝泰は押されている。

そのまま朝泰はよろけて倒れ込み、ひろこの竹刀は、朝泰の首元すれすれに着けら

れていた。

「そなたの勝ちじゃ。いや、女子《おなご》とは思えぬ！　強いのう！」朝泰は立ち上がり、砂を払いながら言った。

「……」

「なんじゃ、うかぬ顔じゃの。どうした」

「……。強き女子はお嫌いですか？」

「え？」

「母上は、強き女子《おなご》は嫌われます、おしとやかになさいと仰《おっ》しゃいました」

「そうでしたか、私は強き女子《おなご》は好ましく思いますよ」

　そう言って、頭を撫で、

「励まれなさい」と言った。

　ひろこは自分のことを好きと言われたように感じて頬を赤く染めた。

　ひろこはこの日を境に母こはるにやめなさいと言われても気にも留めず、

「私はもっと強くなりたいのです」と言い、武道を始めた。

　こはるはひろこの熱心さに根負けし、ひろこの武道稽古を承認した。

　周りの者たちは、

「こはる姫の子であるのだから当然だろう」などと笑いながら言った。

※　※　※

「あの時の」……（初恋の君だ）

「はい、お強く美しい姫君になられましたね。今ではお母上をしのぐのでは？」

「いえ、そんなことは」

「どうぞ、お手柔らかにお願い申し上げます」朝泰はそう言ってひろこに笑いかけた。

　ひろこは恥ずかしくなって一層頬を赤く染めた。それを見ていた沼田家家臣らは、

「なんとお似合いの夫婦であろう、めでたいことだ」と思い微笑《ほほえ》んだ。


「義兄上」この婚礼の祝いに参じた業政が、顕泰の姿を認め声をかけた。

「義兄上、これでまた沼田家・長野家の絆《きずな》が強くなりましたな」と業政。

「ああ、まったくじゃ。そして、ひろこ姫はお強いらしいのう」と顕泰。

「あれは、こはるの子でございますから」

「そうじゃな、業政殿の孫娘であるしのう。聞いてみたら朝泰のことを負かしたことがあるそうじゃ」

「誠にございますか？」

「ああ、幼きころのことだそうだがな」そこまで言うと、顕泰は声を抑えて、

「ところで業政殿、厩橋（長野道賢）殿、『北条に従うは山内（上杉）様お戻りの時までだ』と我々に合わせて返答しおるが、どうであろうのう」と続けた。

「と申されますと？」業政が問う。

「わしの調べたところによると、厩橋城の内部はもはや、北条の息のかかったものしかおらぬ。家臣の入れ替えがあったらしいのじゃ」

「なんと北条の……」

「業政殿のところには伝わってはおらぬか？」

「はい、義兄上、こはるが何かと文を届けてくれるので厩橋のことはわかっているつもりでしたが、家臣の入れ替えは存じ上げませなんだ」

「わしはな業政殿、必ずや上杉様にお戻りいただき上野を治めていただきたいと思っ

ておるのじゃ」

「私とて同じでございます」

「ああ、北条に親しい城の姫君など貰《もら》って、それもお強く美しい姫君じゃ。あっと言う間に朝泰も言い込められてしまうだろう」

「義兄上、このようにめでたき日に、なんということを申しますか。ひろこは厩橋長野の姫でありますぞ。北条の姫ではございません」

「いや、心配じゃ、心配じゃ」そういう顕泰の表情は何かにとり憑《つ》かれたかのように暗く変化した。

「義兄上、落ち着いてくだされ。朝泰殿も姫も義兄上と同じ思いでおります。今が耐えどきでございます」

「すまぬ、ちと取り乱した。厩橋道賢殿には注意しなければならないな」

「然様《さよう》ですね。その動きを牽制《けんせい》するためにも……」

「そうじゃ此度《こたび》の縁組。上手《うま》く働いてくれるであろう」

「そのとおりでございます」

この時勢の最中である。不信を持つことはあるだろう、しかし冷静さまで失ってはならない。

（よくないお考えをなさらぬとよいが）業政は一抹の不安を覚えた。

## ㈦　仕える先は

甲斐国躑躅ヶ崎館。

武田晴信が上野国の様子を聞こうと、真田幸隆を呼んでいた。

「弾正忠（真田幸隆）殿、箕輪の長野殿はどうだ？　未《いま》だに上杉贔屓《びいき》であるか？」晴信が言った。

「はい、あれから何度か文をやったり、使いをやったりしておりますが、お返事をいただけたことは一度もありません」

「ほほう、返事がないのでは、賛同とも拒絶とも、どちらともとれるな」

「無用な争いはしない御仁でございますから」

「うむ、しかし国峰城の留守を襲い、小幡殿を帰れぬようにしたのは長野殿なのであろう？」

「はい」

「それから、長野の姫を甲府に寄越《よこ》したのであったな。長野殿の心の広さか策略かやっかいであるな。その胸の内如何《いかが》思うか？」

「長野殿は、志賀城《しがじょう》への出陣を見送りました」

「そうであったな。そうか、長野殿は武田を攻めたことはないのか」

「然様《さよう》です。私が武田家に付こうというときに、馬まで付けて逃していただいたこともございました」

「はっはっは、そうであった。あれもなかなか上手《うま》くやりおるな。上杉に与《くみ》する者であるが、武田を害するつもりはないと、ただし上野は上杉の分であると、そう言いたいというわけか？　弾正忠殿が出した文には返事がないと聞いたが、そのつもりがあるのか、ないのか……。なれば一筆わしが直々に認《したた》めてみようか？」


幾日か後、箕輪城である。

業政のところに、晴信の使いが書状を持って来た。

『去る碓氷峠の一戦の砌《みぎり》、貴殿に置かれては、その一戦に参じる心はなかったと小幡尾張守、真田弾正忠より聞きおよび、これは旧縁を大切にされたからであるとの噂《うわさ》もあり、そうであるならばその心をお預けになりませんか。そうなるならば本望であります。恐々謹言

十一月十五日　　武田晴信（花押）

長野信濃守殿　』

「ほう、遂《つい》に甲斐の太守様のお出ましであるか」業政は呟《つぶや》いた。晴信三十六歳、業政は五十八歳の頃である。

業政は使いを邪険にすることなく、屋敷に招き入れ応対した。

「お誘いはありがたい。しかし、仕えるべき主がいるので、二心を持つわけにもいかない、ご希望に添えず申し訳ありません。そのようにお伝えください」そう断った。

業政は、迷いはしなかった。仕えるべき主とはもちろん今は水上の地に隠れ住んでいる、山内上杉憲政のことである。

「承知致しました。主に伝えます」使いは甲斐へと帰っていった。

それを聞いた晴信は、

「なるほど、断られたか。まあよい、また機会は巡ってこようぞ」そう言った。

## (八) 武田襲来

弘治三年（一五五七）四月。

長野業政は晴れやかな表情を浮かべ、

「和尚どうだ、新しい寺は」と言った。

「誠にありがたく思います」それを受けて和尚はそう答えた。

「よいな。わしが生きているうちにこうやって落慶が拝めて誠にうれしいかぎりじゃ。みなよくやってくれた。亡き母君もおよろこびだろう。どうか今日は楽しき時を過ごして欲しい」

業政は亡き母の十七回忌の弔いに合わせ領内の菩提寺《ぼだいじ》長純寺の移転再建を決めた。

「さあ、みなさん御馳走ができましたよ」業政の室きぬが女たちと協力して作った食事を運んできた。餅に赤飯、つみっこ、漬物、山菜、実によい香が漂っている。

「お酒のご用意もありますよ」家老の下田大膳正勝《しもだだいぜんまさかつ》が声をかけた。

「おおこれは旨《うま》そうな、ささ、みな遠慮せず」業政が言った。

　と、そこへ、

「わあ！　立派なお堂！」と言いながら草履を脱ぎ捨て、一人の童が上がり込む、本尊の釈迦牟尼仏《しゃかむにぶつ》を見て、

「わあ！　金ぴかだ！」と言いながら、童はお堂の板間に両手を広げて駆け出した。

家老の藤井豊後守友忠《ふじいぶんごのかみともただ》が大きい声で、

「あ。若！　なりません！」と、その童に言った。

　童はしゅんとして、

「はい」と言った。

　箕輪長野家の嫡男の吉業が身罷《みまか》った翌々年、長野家は男児を授かっていた。そして、業政は吉業と同じく、友忠を教育係として付けていた。

「いやあ、殿、若君様は駆けるのが早くて目を離すと、すぐどこかに飛んで行ってしまう。何にでも興味をお持ちの俊敏な子です」友忠も若くはない、息を若干荒らげながらそう業政に伝えた。

「はっはっは。友忠殿は、褒め上手じゃ。やんちゃな子だな」

「松代、友忠殿のいうことをよく聞かねばならぬぞ！」

「はーい！」松代が元気に答えた。

　松代（後の氏業）十歳である。


　同年八月。

　箕輪領に敵の来襲を告げる早鐘が鳴り響いた。「武田勢か」城内の兵たちは身構えた。業政らは、ここ四・五日前より上野国吾妻《あがつま》に武田勢が寄せていると情報を手に入れていた。

（いよいよ来たか）業政は思った。

　そして、

「よし、みなわしの言うことをよく聞け！　そして、よく伝えよ。箕輪城の追手搦手《からめて》を今すぐ開き、みなを城の中に避難させよ。子どもや年寄りには手を貸すようにするのじゃぞ」

「わかり申した。籠城でございますな。しかし大殿、籠城であれば領民は別の場所に避難させた方が」

「いや、わしの読みでは今回の行軍、箕輪を潰すが目的ではない。少々揺すって様子を見るだけじゃと思うておる。大風が通り過ぎると思うて手出しせんことが肝要じゃ。

　みなの者よいか。今回来るのは、武田勢ではなく、武田勢に似たただの大風だ。家で備える者は、大風の時と同様食糧と水を備えて、内側からしっかり戸締りして、大風の最中は決して外に出てはならんぞ」そう言った。

　遂《つい》にこの地も戦禍に巻き込まれるのだと、領民たちはみなひどく不安になったが、業政が大風だと繰り返すのでそのうちそんな気分にもなってきた。

「大殿、箕輪に暮らす私たちにしてみれば、冬の空っ風に鍛えられておりますゆえ、大風には慣れっこでございすよ」と熊吉が言った。

「そうじゃ。いつものようにやり過ごすことじゃ。城下の者たちの避難が済んだらしっかり門扉を閉じ、守れ。無駄な争いは不要ぞ。貝のように固く閉じよ」

「どうだ？　みな避難できたか？」

「はい、あらかたは済んだものかと」正勝が言った。

　それでも日が暮れて、普段とは違う場所である。籠城の者たちは一様に不安を顔に張り付けている。

「不安そうな顔じゃの。ここは城内であるぞ？　みなを守るのは箕輪の武士たちぞ、何も怖くはない。そうじゃろ」業政はみなの顔を見渡して優しく言った。そして、

「松代おいで」業政は松代を呼んだ。

　松代は自分がいかに振る舞えばよいかわかったようで、

「父上や箕輪武士はみなとってもお強いのです。みなさんを必ずお守り致します！」

と元気に言った。

「まあ、ご立派な若君様だこと」

「幼いのになんとしっかりした若君様だろう」と松代の愛らしさがみなの不安な心を解いたようである。松代は褒められたのがうれしくて、にかっと笑った。それから、業政のほうへ駆けていって業政にひっついた。

「打って出ることは禁止致す。くれぐれも忘れないで欲しい。もし敵が城に乗りかかれば、もちろんそれは落として構わん、しかし、挑発するようなことは禁止じゃ、やつらは武田勢に似た大風じゃ」業政が言った。

　城は城門を閉め、土塁の上に兵を配し、いつでも弓の引けるように備えた。

武田勢は箕輪城下に寄せた、箕輪は静まり返っていた。

「何やら不気味な静けさじゃ」武田の兵が言った。

「一体どうなっておるのじゃ、まるでこの村には人っ子一人おらぬようじゃ」別の兵が言った。

「如何《いかが》致しましょう」

そう家臣に問われた晴信は、

（ふふん、この間の文が効いたかな？　ここで手を出さなければ、この間の返答を反故《ほご》にして、上手《うま》く人を損なわず和議に持ち込めるだろうと長野殿は考えているのかもしれないな）と考え、

「箕輪から使者が参るようであれば、丁重にお通しするようにの。少し待ってみるか」と言った。

晴信は待ったが、しかし使者が来る気配はなかった。

「ううむ、少し揺すってみるか」と、晴信の命で、兵たちは槍《やり》、刀の代わりに鎌を持って、田んぼの刈り取りを始めた。

それを箕輪城内で見ていた熊吉が、

「何をっ」と怒りの色を見せる。

「まあ落ち着け」家老の正勝が言う。

「これが落ち着いていられますか。せっかく育て上げた稲が」

「ほら、大風だと思えば」正勝が言う。

「なるほどこれが大殿の仰《おっ》しゃった大風というわけか」

大風が稲をなぎ倒しても人は通り過ぎるのを待つより他ない。

「米はまた作ればいい、それよりも人を損なわないように、これが大殿のお考えだ」

箕輪は挑発には乗らず、静かなままであった。

「だめだな。これでは話にならない、引き上げるか」晴信が言った。

武田勢は稲を刈り、その分は荷車に乗せ撤収を始めた。

「はっはっは！　大風が去ったぞ。我らは武田勢を退けたぞ！」業政が言った。

「そうか、では我々の勝利でございますね！　では大殿、ここはひとつ勝鬨《かちどき》を」正勝が言った。

「えいえい」
「えいえい」
「えいえい」
「おう」

　箕輪の人々はよろこび城を飛び出した。その顔は一様に晴れやかであった。

　弘治三年（一五五七）秋も深まる頃。

　業政の嫡男松代が元服を迎える。武家のならいにて名を改めるにあたり、北条氏康より一字拝領して〈長《なが》野《の》氏《うじ》業《なり》〉を名乗ることが決まった。未《いま》だに我が主である関東管領は北条ではなく、山内上杉であるという思いを抱えたままの業政の胸の内を、家中の者たちはみな知っていた。

　厳かに執り行われた元服式でありながら、何か煮え切らない雰囲気の漂う式となった。当の本人も私にはどうすることもできぬことと、その名を受け取った。

## ㈨　川田館

弘治四年（一五五八）正月。

その事件は沼田万鬼斎顕泰の隠居の地である、川田館《かわたやかた》で起こった。

「川田の館に参る」沼田朝泰が支度をしながらそう家臣に言った。

「承知致しました。兵の準備を致しますので、もう少しお時間を」朝泰の近臣が言った。

「はっはっは、何を申すか。なぜ、実の父のところに行くのに武装していかねばならない？」

「しかし、殿。顕泰様のところには、金子殿がいらっしゃいます」

「金子美濃守《かねこみののかみ》姉弟が何か謀るかもしれないと申すか？　心配に及ばぬ、金子殿とて家族のようなもの、そのような馬鹿げた噂《うわさ》、耳を貸すまでもない。ただ新年の挨拶に行くまでのことだ、案ずるな」

顕泰は朝泰を沼田城主に据えると、自らは隠居して川田館へと居を移した。この川田館に最近しきりに出入りしているのが、金子美濃守とその姉湯呑《ゆのみ》である。湯呑は顕泰との間に男子を授かったのだ。

　よくない噂とは、顕泰は金子姉弟と謀って、沼田城から朝泰を追って、顕泰と湯呑との間に授かった男子を沼田の城主に就けようとしているというものだった。朝泰はそのことを知らないわけではなかったが、実の父である顕泰のことを微塵《みじん》も警戒していなかった。

　話し合えばお互いわかり合えるはずと、この日も家臣を数人付けたのみ、平服で出かけて行った。


　川田館では湯呑が出迎えた。色白で細身の体の、その体のわりに大きな乳房が膨らんでいることが、着物の上からでもわかる。

「親子水入らずにしてさしあげましょう」湯呑はそう言って朝泰とお付の家臣を引き離した。

　朝泰は奥座敷の小間へと通された。

　顕泰は火鉢にあたっている。外は雪である。

「おのこがお生まれになり遊ばれたらしいのう」湯呑は朝泰をなめるように見回して

そう言った。朝泰はその視線が冷たい蛇でも這《は》っているように感じた。

「はい」朝泰が答えた。

「めでたきことじゃ。顕泰様と私の子はそれより二年歳上じゃ。もしも、朝泰様が厩橋の姫君の誘いにのって、北条に肩入れするようなことになれば、我ら即刻朝泰様を打ち取り、沼田に顕泰様が戻るでの……」

　朝泰は、ようやく火の無い所に煙は立たぬのとおりであることを理解し始めた。

「湯呑様、無用な心配はなされまするな。私が北条に靡《なび》くなどと、あり得ぬことでございます」

「父上からも湯呑様によくお話しくだされ」朝泰は父顕泰に助けを求めようと、顕泰に視線を向ける。

　顕泰は黙ったままであった。

（まずい、これは父上、すっかり私のことを疑っていらっしゃる。このままでは、家臣たちの心配したとおりになってしまう）そのことに気が付き鼓動が高まる。

（どうにかしてここから無事に城に戻らねば）

「さあ、そろそろお暇《いとま》を致したく思われます」

「なんじゃ、今来たばかりではないか」顕泰が口を開くが、それは正月の参賀に訪れた息子に対する親愛の情など感じられぬ、冷ややかな物言いであった。

「父上、私の心は父上と同じ方向を向いております。どうかこれからも朝泰を御指導くだされ」朝泰はそう告げて小間を出た。

　と、その時後ろから斬りつけられる。

　朝泰は驚いた、応戦しようと刀を抜いた。斬りつけられた背は、衣と肉が裂かれ、あふれる血で衣が赤く染まる。むろん朝泰にはそんなことに構っていられる余裕はない、必死で自らの太刀の柄を摑《つか》み抜刀する、向き直り相手と正対するが室内である。じりじりと壁に追い詰められていく。床に落ちた自分の血だまりに足をとられ後方に倒れる。上半身をやっと起こし相手を見据えた。湯呑の弟金子美濃守である。

「金子殿……」これが朝泰の最期の言葉となった。

　金子美濃守はそのまま朝泰にとどめを差し殺害してしまった。

　朝泰の一報を聞いた室のひろこは、その場でよたよたとしゃがみこみ、

「ああ、なんという」と悲鳴にも似た声を発した。

厩橋城から連れ添った侍女が、

「姫様ここにいてはなりません、沼田城を抜け、厩橋城まで帰りましょう。さあ、早く」

と急《せ》かした。

「いえ」侍女の意見を制して、ひろこは家臣たちが慌て集まった広間へ向かった。

「御台様」

「御台様じゃ」ひろこを認め方々からそうざわめきの声が上がった。

「御台様もう、ご存じで？」家臣の一人がそうひろこに問うた。

「はい」ひろこは努めて冷静にそう発した。

朝泰とひろこの間には男児が生まれていた。まだよちよち歩きの男児を抱いてみなの前で落ち着いた声でこう告げた、

「朝泰様は実のお父上顕泰様に殺されました。実のお父上とて許されるものではありません。私の父厩橋長野道賢は必ず援軍に駆けつけます。それまで、この城を守り貫いて顕泰様に城を奪われるようなことのなきように」

「おう」家臣たちは声を揃《そろ》えた。

ひろこは厩橋の父に短い手紙を書いた。それを、厩橋長野お抱えの忍びに託した。

「ひろこ姫お強い女子《おなご》じゃ」家来衆はそう口に出した。

朝泰の元に、厩橋長野家からひろこが嫁いでわずか二年後の話である。

そしてその事件が厩橋長野家に伝わると、

「このまま引き下がれようか、顕泰を討とう」厩橋長野道賢は発し、沼田へ向け挙兵したのだった。

## ㈩　道　義

箕輪城である。

長野業政の耳に、沼田の一件が届いた。

「義兄上（沼田顕泰）その熱心さで他の領主に引けをとらぬ上杉家重臣であるというのに、我が子を殺し、側女《そばめ》との間に生まれた子を城主に就けようなどと、道義に反することをなさったものだ……」業政が残念がってそう言った。

業政の正室であり、顕泰の妹でもあるきぬは、

「兄上にはあれほど、一国は一人の女子《おなご》で危うくなると申し上げましたのに」と言い、同席している氏業のほうを向き直り、

「よろしいですか氏業？　あなたも長野家のために嫁を貰《もら》う日がじきに来ましょう。家の女のことは万事正妻を頼るようになさい。側女に言われたとおり、跡継ぎを決めるなどと、あってはならぬこと、お家の危機でございます」

「はい、母上」氏業は素直にそう返事をした。

「きぬ、まだ氏業の正妻もとらぬうちから、いささか気が早くはないか？」

「いいえ、これは幾度でも釘《くぎ》を刺して言わなければ。世の殿方で女子《おなご》に惑わされない方は滅多にいないのですから」

　業政も心当たりあるのか、苦笑いをした。業政には十二人の娘、二人の息子がいた。そのすべてが業政ときぬの間にできた子ではない、しかし、きぬは正妻としてそれぞれの子を認め自らの子と分け隔てなく接するように努めた。また側女である女子《おなご》同志で何もないことはないが、きぬはよくまとめた。

「氏業よ、そのように気を付けるのであるぞ。女房の言うことはよく聞くのであるぞ」

「はい、父上」

　とそこへ、厩橋城からこはるがやってきた。

　その顔は青ざめていた、

「父上ごめんなさい」そう業政に言う。今にも泣き出しそうな顔である。

「落ち着きなさい、こはる、如何《いかが》致した」と業政。

「私が厩橋にいながら、沼田城への挙兵で、沼田城へ北条の者を引き入れてしまいました」

「うむ」

「沼田の動乱を収めるためだと、厩橋から兵を率いていきましたが、お帰りになった道賢様に聞いてみると沼田城には北条康元《ほうじょうやすもと》という北条の縁者が納まっておりました」

「うむ。なるほど、婿（長野道賢）殿、沼田への仇討《あだう》ちの出陣、北条から加勢をしようと提案されたのであろう」

「はい……。断れなかったそうです」

「どうやら北条の方が一枚上手であったようじゃな。ひろこはどうしておる？　夫に先立たれ今回のこと、さぞ気落ちしておるだろう」業政は孫娘ひろこの心配をした。

「幼子も共に厩橋に戻りましたから、その子の前では涙を見せず振る舞っております」

「そうであるか、かわいそうであったな」

と、そこへ白井城《しろいじょう》長尾憲景《ながおのりかげ》もやって来た。

「ん、今日は随分とお客のあることであるな」業政が言った。

「長野殿、おや、みなさんお揃《そろ》いですね。御屋形様は無事越後へ入られましてございますよ」憲景は言った。

「おお、そうであったか。間に合ってよかった」業政が言った。

「まあ、御屋形様は無事お逃げ遊ばれたのでございますのね。ああ、よかった。案じておりました」こはるが言った。

「ああ、そうだ。そして、ここからがどんでん返しの始まりでござる。

北条を蹴散《けち》らしてくれようぞ」業政はそう言った。

「え？」こはると、氏業がきょとんとして声を揃《そろ》えた。

「御屋形様は、越後に参られた」憲景がそう口を開く。

「お逃げになったのでは？」氏業が言った。

「いいえ、御屋形様は越後に参られた。そして、長尾景虎殿を率いてこの関東にお戻りになられるのでございます！」憲景が言った。

業政ら、山内上杉家を復興させようという関東の与力らは再度長尾景虎に掛け合っていた。その話がまとまったのと、沼田が奪われたのはほぼ同時であり、業政は胸を撫《な》で下ろした。

山内上杉家の反撃が始まる。

注一）　作中では沼田顕泰の妹が長野業政に嫁いだとしているが、顕泰の娘が長野業政に嫁いだという説がある。本物語では、顕泰と業政が同世代で活躍する場面を描きたい都合があるため、妹にさせていただく、ご了承いただきたい。

# 五越山

## (一) 御館

越後長尾景虎《えちごながおかげとら》は、関東の諸将の要請を受け入れ、上杉憲政《うえすぎのりまさ》を招き入れ、越後府中の御館《おたて》を宛《あて》がった。

景虎は憲政より七つ年下でこの年三十路《みそじ》に入ったところだ。歴戦の勝利の噂《うわさ》はみなが知っていたし、武田晴信《たけだはるのぶ》との川中島《かわなかじま》で合戦の武功は日ノ本中に響きわたっている。目元に厳しさは浮かべているものの、公家風に身なりを整え、香を纏《まと》い憲政を出迎えた。

「先祖代々上杉家と長尾家は主従で結ばれております。どうぞご自身の屋敷と思いお使いください。きっと気に入られるでしょう」景虎は礼を尽くしてそう言った。

「お心遣いありがたい。して景虎殿、関東への出陣はいつとなりましょうか？」憲政は開口一番そう聞いた。

「管領様も本日ご到着遊ばれ、さぞお疲れでしょうに。ご熱心なのはわかりますが、今日はお休みになられて、それは、またお話し致しましょう」

「相すまぬ。焦りすぎた」

「この景虎が必ず、管領様を関東へお戻し致します。後ほど越後の旨《うま》い酒を届けさせます。十分にお休みください。では」

御館は二重に堀に囲まれた環濠屋敷《かんごうやしき》で、中には美しい調度品が並んでいた。憲政は景虎のもてなしの心に感謝した。憲政が逃げた平井城《ひらいじょう》は関東管領山内上杉の居城として百年以上にわたり栄えていた。平井城もまた家財や調度品は管領家として申し分のない品々が入っていた。その平井城も己の力が足らず、北条に火をかけられ灰となったと聞く。

暫《しばら》くの後、憲政の思いとは裏腹に、景虎は関東ではなく京に上ると、憲政のもとを訪ねてきた。京の将軍職である足利義輝《あしかがよしてる》から、景虎のもとに上洛《じょうらく》を要請する書状が届いたのである。

「そうであるか、足利義輝様のところへ参るのであるな？」憲政が言う。

「はい、暫く留守に致しますが、関東への越山はお約束どおり致します」

「相わかった」

「どうぞごゆるりとお待ちください」

「よい土産話を期待しておるぞ」

憲政はすぐにでも関東へ向かって欲しいと思ったが、ここまで待ったのだ、いまさら焦っても仕方がないと思い直した。

景虎は永禄二年（一五五九）六月上洛《じょうらく》した。

そして将軍足利義輝より、

『関東管領上杉憲政の進退について景虎の裁量で判断してもよい』との書状を賜った。

関東の上杉旧臣たちは、

「わざわざ上洛までして将軍様より許しを貰《もら》って来るとは義理堅い男である」と言い。

併せて、

『武田信玄（この年晴信は入道し名を改めた）が甲越一和に応じない以上、景虎が分国境目に乱入をすることはやむをえないことであるから、信濃《しなの》国諸侍の紛争について、景虎の意見をもって始末するように』との書状も賜ってきたと聞き、「抜け目のない御仁である」と感心した。景虎は信濃、関東への出兵の〈大義〉を得た。

箕輪城。

憲政の側近として、越後まで供をした惣社長尾景孝《そうじゃながおかげたか》が、憲政の出陣に先立ち上野へ戻って来ていた。そして、これからの算段をと長野業政の元を訪ねた。

「上洛して、将軍様の書付を頂いてくるとは、景虎殿やりおりますな。上洛より戻られ今は越後と。これで整いましたな」と業政が言った。

「然様《さよう》でございます。あの真田幸隆《さなだゆきたか》殿も信濃の地を治める領主として、信濃の安泰のための役を将軍様より預かった景虎殿を祝い、景虎殿の元に参じたようでございますよ」景孝が言った。

「おお！　あの真田殿までもですか。景孝殿、それは一大事ですな。景虎殿はほんに武才のあるお方のようですな！」

「はい、長野殿、運が巡ってまいりましたな。景虎殿は妻もとらず〈義のために〉と毘沙門堂《びしゃもんどう》で座す日々を続けていらっしゃり、軍神と形容する方も多いとか」

「そうか潔白な御仁じゃ。ご越山はいつになりましょうかな。もう長く待ちすぎて首が伸びそうじゃ」業政は声を弾ませた。

「それはもうすぐそこ、景虎殿がその気にさえなってくれれば」

「これ以上関東に北条の〈三《み》つ鱗《うろこ》〉を掲げられても困りますゆえお早くお越しいただきたいものだ。いかにその気になっていただくか……」

「それはやはり、景虎殿がこれは〈義〉であるという確信が持てるか否《いな》かでありましょうのう」

「ううむ」業政が考え込む。

「あ！」景孝はなにか閃《ひらめ》いたようだ。

「長野殿のところは確か妹君が里見義堯《さとみよしたか》殿のところに嫁いでいらっしゃいましたね」

景孝が言う。

「そうじゃ」業政が答える。

「長野殿、今、北条勢が進路を安房《あわ》に向けているという噂《うわさ》はご存じでございますか？」

「うむ。里見を攻めるのではという話じゃな」

「もしも、そうなった場合これを助けるための……」

「なるほど、それで景虎殿を……」業政もまた、景孝の考えを理解したようであった。

## (二) 里見

永禄三年（一五六〇）五月。上総国久留里城《かずさのくにくるりじょう》である。

「父上！　城下一巡り致してきましたが、どこも北条が睨《にら》みを利かせております」よく日に焼けた大きな体軀《たいく》の里見義弘《さとみよしひろ》が、父である里見義堯にそう言った。

北条氏康《ほうじょううじやす》はその矛先を里見領向け、義堯の居城久留里城を囲んでいた。

「まったく困ったものだ。海から寄せて来るのであれば、我らの水軍がすぐさま蹴散《けち》らしたのにのう」義堯がそう返事をした。

「はい、まさしくそうでございます」義弘が言った。

里見義堯は嫡流の里見義豊《さとみよしとよ》を父の仇《あだ》と打ち取って、里見家本流に納まった、いかにも戦国武士といった経歴を持つ男であるが、それだけではなく、日我《にちが》という僧と交流を持ち、〈関東無双の大将〉と言わしめるなど城主としてふさわしい徳を兼ね備えた男である。一時は北条氏綱《ほうじょううじつな》と組んだこともあったが、その後は小弓公方足利義明《おゆみくぼうあしかがよしあき》を支持し敵対した。四年前は三浦三崎《みうらみさき》まで水軍を率いて北条勢に圧勝した。この義堯のもとに嫁いだのが、箕輪長野業政の妹〈つる〉であった。

義堯・義弘のもとにつるが入って来て、

「お前様、兄様からお便りがございました」と声をかけた。

義堯は文を受け取り、

「おお、そうかこの混乱の中ご苦労なことだ」と言って義堯は文を開く、頷《うなず》きながら目を通す。読み終わった頃合で、

「上野・武蔵《むさし》の領主たちは山内様のご帰還を望んでいらっしゃるとのことです」つるが言い添えた。

「うむ、山内様は今、越後の長尾景虎殿のところにいらっしゃるということだったな」義堯が言う。

「そして、長尾景虎殿は上洛したとか」義弘が言う。

「はい、そして長尾景虎様は将軍様に謁見《えっけん》をなさいました」とつる。

「はっはっは。北条を蹴散《けち》らす大義でも得て参ったか？」義堯が言った。

「はい、そのようでございます」とつる。

義堯は何かを閃いたようだった。

「誰ぞ、ここに正木時茂《まさきときしげ》殿を」義堯が広間上段より発した。

暫《しばら》くして里見家重臣の正木時茂が入って来た。

「ご苦労である。越後の景虎殿に援軍をお願いしたいのじゃ。取次を頼まれてはくれぬかのう」義堯が時茂に言った。

「おお、殿。それは名案かもしれませぬぞ！　景虎殿は義で動く男と聞き申す。我々を助けてくれるやもしれませんな。早速（足利《あしかが》）長尾当長《ながおまさなが》殿のところに取り次ぎましょうぞ」

義堯は、景虎に助けを求めた。

景虎は越後にてそれを受け、

「北条家逆徒なれば、関東管領を助け小田原《おだわら》に向かう」遂《つい》にそう発し、関東管領山内上杉憲政を奉戴《ほうたい》し、越後府内《ふない》を出発したのであった。

〈景虎越山〉の知らせは瞬く間に関東を飲み込んだ。

それを聞いた業政は、

「上杉の世の再興じゃ！　これは忙しくなるぞ」と言い、よろこびに打ち震えたのであった。

## ㈢ 忠義

永禄三年（一五六〇）九月十五日。

関東管領山内上杉憲政を奉戴した長尾景虎ら越後勢は三国峠《みくにとうげ》を越え、沼田《ぬまた》領に入った。

北条家の親戚筋で沼田城主をしていた沼田《ぬまた》（北条《ほうじょう》）康元《やすもと》は、越後勢が来ると噂《うわさ》を聞いて早々に城を空け逃げた。そう、北条はこんな上野国の北で越後勢とやり合うつもりはない。空いた城には、もとの城主である沼田顕泰《ぬまたあきやす》が納まった。

そして顕泰は憲政、景虎が着陣した長井坂城《ながいさかじょう》に赴いた。

「顕泰殿、よう参られた！」憲政が言った。

「御屋形様、お戻りを大変うれしく思っております」顕泰がそれを受けそう言った。

「みなの御蔭《おかげ》だ」と憲政は言い、

「景虎殿、こちらが沼田顕泰殿」と景虎に紹介した。

景虎は、

「沼田家といえば、古くからの上杉家の忠臣であると、私も聞いております。顕泰殿、貴殿のご苦労よくわかりました。今まで管領様を支えてくださったこと、礼を申します。

ところで顕泰殿、越後勢に沼田城を守らせようと考えますが、しばしの間我ら越後勢に沼田城をお預けいただけぬでしょうか。顕泰殿もおわかりのとおり、沼田城は越後と関東を繋《つな》ぐうえで最も重要な城でございます。二度と北条に取られるようなことがあってはなりませぬゆえ」と、言った。

（沼田城を差し出せということか）顕泰の頭に浮かんだのは、殺してしまった息子朝泰《ともやす》の顔だった。

（自らの子を刺殺してまで上杉に忠義を見せたこの私にこの仕打ち）と顕泰の脳裏を悔しい思いが浮かぶ。顕泰はしかし、今はこれに刃向かう力などない。

「承知致した」と言うより他なかった。

同じ頃、憲政を奉戴し越山する景虎ら越後勢が、沼田城を北条より取り戻したと聞いた長野業政はその順調な運びに満足であった。しかし、気がかりは厩橋長野道賢《まえばしながのどうけん》のことだった。沼田の一件でも道賢は北条に従い沼田城に北条を引き入れ、沼田城を北条の城とした。

「うむ、やはりここはひとつわしが行って、叔父上（厩橋長野賢忠《まえばしながのけんちゅう》）を諭してまいらねばならぬまいのう」業政が言った。

「吉業《よしなり》をここへ」

「大殿、吉業様ではなく、氏業《うじなり》様にございます」側に控えていた下田正勝《しもだまさかつ》がそう言った。

「おお、すまぬ。氏業をここへ」

「承知致しました」

吉業が亡くなって十四年経《た》つ、業政は今日に至っても未《いま》だに吉業が生きていたらどうだったであろうかと考えてしまうことがある。それだけ吉業には期待していた。それに、氏業はまだ家を任せるには少し幼い、口には出さないものの、業政はそう感じていた。

ほどなくして、

「父上、参りました」氏業が来た。

「ちと出かけて参るが、何かあれば箕輪の差配は、氏業おぬしが行うように」業政がそう言った。

「どちらへお出かけなさいますか？」

「うむ、厩橋まで参るゆえ」

「厩橋でございますか」

「ああ、距離は近いが心は遠い厩橋じゃ。ここはわしが行かねばの、大きな犠牲がでるやもしれぬ」

「と、申しますと？」

「越後勢が次に取りに来るのは厩橋城で間違いない、沼田城は義兄上（顕泰）に代わり越後勢が入った。おそらく厩橋城にも同じことをなされるのではないだろうか」

「……。越後勢は上杉憲政様を関東にお戻しにいらっしゃるのかと思っておりましたが、城をお取りになるのですか？」

「いや、御屋形様（憲政）が関東に腰を据えられる時までじゃろう。長尾景虎殿、用心深いお方じゃ」

「それは、我々が信用されていないということでございますか？」

「いや、これも戦の方法のひとつであろう。どうした、氏業なにやら浮かぬ顔じゃ」

「いえ、父上どうかお気を付けて、そしてどうぞ無事お戻りください」

氏業は物心ついた頃から平井城はすでにもぬけの殻であり、上野を上杉憲政が支配していた時代を知らなかった。上杉の世に戻したいという父の思いはひしひしと伝わってくるもの、上杉の世とはいったい何なのかわからない。そこに大勢の越後勢を引き連れ沼田城を奪い、今度は厩橋城まで奪いに来るという兵たちをなぜか頼もしいというよりは恐ろしいようにも思う氏業であった。

## ㈣　坂東太郎

厩橋城である。

「お義父上（業政）、ご無沙汰《ぶさた》致しております」城では、業政の到着を受けて、城主である厩橋長野道賢が追手門まで出迎えた。

「おお、婿殿（道賢）、出迎え感謝致す。どうじゃな、こはるはよくやっておるか？」

「やっているも何も、こはるさんが居なければ家は回りませんよ」

「そうか、沼田のこと残念であったな」

「はい……。あ、いえ、今のはひろこが可哀想《かわいそう》であったという意味でありまして、決して北条が沼田を去ったからという意味ではありません」しどろもどろの道賢の様子に、（相変わらず真面目な男だ）と業政は思った。

「婿殿、わかっておる。北条を贔屓《ひいき》にしたいといっておるのは、叔父上（賢忠）であろう？


　婿殿、ほれ、あのこはるが嫁いですぐの頃共に平井城を訪れたではござらぬか」

「はい、覚えております。御屋形様に向かって堂々とお諫《いさ》めの言葉を投げかけてしまい、今思うとなんと畏れ多いことをと自らを恥ずかしく思います」

「いやいや、婿殿の言葉に御屋形様もご自身を顧みられておられた。婿殿の正直な心が御屋形様に届いたのだと思うぞ」

「御屋形様をお支えして世の中をよくしたいと考えておりました。よくできると思い込んでいたのです」

「……、今はどうじゃ？」

「今は……、お義父上あの時は若かったのです」

「御屋形様がお戻りになられる、またあの時のように御屋形様のもと、共に世を良くしてまいろうぞ、安寧の世を」

「……」道賢は返事をしない。

「婿殿、叔父上にお会いしたいが、よろしいか？」

「はい」

「叔父上を説得するつもりじゃ。叔父上が上杉を支えると言えばその時は、婿殿もそれに従ってくれるな？」

「はい」

「よかった、その返事を聞けてどんなにうれしいことか」


　道賢は業政のことを賢忠の寝所に案内した、ここ最近は調子が良くないようだ。賢忠は布団から起き上がり業政を迎え入れた。

「おお、業政、久しいのう」皺《しわ》の刻まれた顔をなお皺だらけにして笑い、賢忠は言った。

「叔父上、お目にかかれて光栄に存じます。お身体《からだ》は如何《いかが》でございますか？」

「見てのとおりじゃ。それにしても、随分かしこまった言い方であるの」

「そうでございますか？　叔父上は、長野家の興隆の立役者でございますゆえ、当然のことでございます」業政は言った。

「そうか？　そなたの父の力も大きかろう、それから天の気運が揃《そろ》ったのじゃ」賢忠が言った。

「ところで、叔父上、その気運今はどちらにございましょうか？

　南から吹く春風はいずれ越後から吹き下ろす赤城おろしに飲まれましょう。その時はどうかかつて長野家がそうであったように、共に上杉に参じてまいりましょう。今は亡き我が父もそれを望むでしょう」

「業政の言うとおり、我らは長らく上杉をお支えしてまいった。しかし業政よ、利根川でさえ流れを変えるのじゃ、それが答えじゃ」

「利根川でございますか？」

「そうじゃ、利根川が南方（北条）に付けと、流れを変えたのじゃ」賢忠はあの大嵐の翌日を思い起こしながらそう言った。

「そうでございましたか。それではこの業政がその流れ変えてみせましょう」

「何？　そんなことできるものか」

「いえ、できます。時間はかかるかもしれませんが、我らの祖先は長い年月をかけて烏川《からすがわ》から水を引き台地の上に走らせました」

「長野堰《ながのぜき》か……」

「はい、然様《さよう》にございます」

「かつては水の無い土地であったとしても、我らは水路を引き土地を豊かにしてまいったのでございます。叔父上が再び上杉に仕えてくださるというのであれば、利根川の流れを変えること、訳も無いことでございます」

「わかっておる、沼田が落とされ、次は厩橋と言いたいのであろう。沼田顕泰は城には戻れなかったそうだのう」

「いえ叔父上、南方を蹴散《りち》らし安泰となればまた顕泰殿が戻られましょう」

「南方は甲斐とも手を結んでおる。そう簡単に蹴散らせようか?」

「叔父上の心配はごもっともでございます。しかし、ことはすぐ目の前に迫っております。叔父上、かつてのように長野家はひとつの心となり、上杉様をお支え致しましょう」

暫《しばら》くの間があった、

「業政よ、わしももういい歳じゃ。若い者の言うことをないがしろにしてはならないな」

賢忠は寂しそうにそう言った。

「はい、子どもや孫やその先も長野家が栄えるよう」

業政は賢忠が自分の意見を受け入れてくれたことに安堵《あんど》した。

## ㈤ 攻城

永禄三年（一五六〇）十月。上総久留里城。

「ほうほう、長尾景虎殿、北条に取られていた沼田の城を取り返されたか！　これは我が方に運が巡ってきたぞ。どうする？　北条氏康よ。せっかく奪った領地がどんどん切り取られておるぞ。上総など囲んでいる場合ではなかろう」

久留里城の書院にて、長尾当長より届いた文に目を通しながら、里見義堯は言った。

と、そこへ、

「殿！　殿！」正木時茂が駆け寄せた。

「なんじゃ」

「北条勢がみるみる退《ひ》いていきまする！」

「然様《さよう》であるか！　氏康殿のご判断は実に賢明であるのう。上総などは放って関東を南下してくる越後勢を何とかせねばのう。身を滅ぼす前にな。はっはっは」

　そうして、氏康は、里見領から撤退したのだった。


　永禄三年（一五六〇）十二月。

　上杉憲政を戴《いただ》いて進む長尾景虎ら越後勢は、厩橋城にまで迫っていた。

利根川に削られた崖の上に本丸を置き、その本丸を取り囲み幾重にも曲輪が巡る、追手門のある部分は、城下町と一体になって入り組んでいる。その堅牢《けんろう》さを称《たた》えるように、利根川が轟々《ごうごう》と音を立てている。

「噂《うわさ》に違《たが》わぬよき城だ」景虎はそう感心した。

　厩橋城は、追手、搦手《からめて》すべての門を固く閉じていた。景虎が越後からの精鋭部隊を追手の前に集めた。城内の厩橋衆と越後勢両者睨《にら》み合う。

　憲政が、長野業政をそこに呼んだ。

「長野殿、斬り合いはせずとも厩橋（長野道賢）殿は城を開くというておったな」と憲政。

　厩橋長野家は、憲政の呼び掛けに応じなかった。業政は焦った。しかし、業政は必ず上杉に参じてくれるはずと信じ、

「そうです、もう話をつけてございます」そう憲政に伝えた。

「しかしなあ、もう半時も睨み合っておるぞ」憲政が言う。

　そこに景虎が割って入り、

「厩橋殿は心変わりしたのではございませんか？　もしくは、はなから上杉に参じるつもりなどないのでは？　長野殿が止めに入らなければ、いくらでも落としてくれるのですが」景虎の口ぶりから怒りが増していくのがわかる。

「いえ、事前に話し合いを持ち、厩橋は上杉の味方となると私に言いました。道賢はそれを違《たが》えるような将ではございません」業政は景虎にそう伝えた。

「景虎殿、道賢殿は業政殿の婿である。道賢殿は嘘《うそ》が苦手で真面目な男であるゆえ、私も信じておる。今暫《しばら》く待つとしよう」憲政がそう言い添えた。

「はい、管領様が仰《おっ》しゃるのであれば……」景虎が言った。

　果たして、既《すん》での所で、厩橋城はその追手を開き、使者を立てた。

使者は、景虎のもとに駆けより、

「上杉憲政様の御帰還心よりお喜び申し上げます。厩橋長野は、上杉家の御旗のもとに参じます」と、深々と頭を下げ降伏を願い出た。

（おお、心配させおって）業政は胸を撫《な》で下ろした。

景虎は、厩橋城の包囲を解いた。

「父上っ」こはるが、厩橋城追手から駆けて業政のもとに来た。

「こはる、心配したぞ！」

「はい、ご心配おかけ致しました。遅くなりました」

「やはり、賢忠殿が首を縦に振らなかったのかのう」

「はい、お爺様《じいさま》最後まで悩んでおりました」

「そうであったか、しかしこれで、厩橋長野家とも同心になれたの」

こうして、厩橋城も、北条から上杉へと旗を参じたのである。

# ㈥　赤石陣

上州名物赤城おろしが吹き下ろすここは、上州赤石陣《あかいしじん》である。上杉憲政を奉戴《ほうたい》した長尾景虎ら越後勢は、赤石城を落としここを陣所にして関東中の諸将に号令をかけた。

　長野業政は早々にこの場に集い参じ、親類縁者でもある城主たちに参陣を促した。木部城《きべじょう》もその一つである。『すぐにでも参じましょう』と返事があり、そこから三日が過ぎた。木部といえば上杉家が鎌倉にある時からの主従のある家柄である。

「遅すぎる、気になるな」業政はそう言って、倉賀野城《くらがのじょう》へ使いをやった。

　倉賀野城。

「なるほどな」倉賀野尚行《くらがのなおゆき》が義父業政から届いた文を読み終え、

「はな、如何《いかが》思うか？」と室であるはなに文を見せた。

　読み終えてはなは、

「尚行様、木部に行ってみてもいいかしら？」と言った。

「それならば、私も一緒に参ろう」尚行ははなを心配してそう言った。

「いいえ、尚行様。ここは女同士《おなごどうし》にさせてくださいませ」

「なるほど、ゆり義姉様とお話しなさるのだな」

「はい」

「うむ、十分気を付けて参るのだぞ」

「はい」

「木部は上杉には味方をしないかもしれない」尚行がはなに告げる。

「はい」


尚行と室であるはなは、憲政が越後に向かうとそれに供をして越後に移っていた。はなは倉賀野に戻ったら一番先に、木部城に嫁いだ姉のゆりに会いたいと思っていた。これを逃すともう会えなくなってしまうかもしれない。そう直感したはなは、覚悟を固め木部に向かった。

八年の間に、木部城は鏑川《かぶらがわ》の流れを上手《うま》く利用して、堀を広く深くして水を通した、その内側にも、水堀を敷いた。土塁も高くした。

はなは搦手《からめて》より堀に架かる木橋を渡り、侍女の久屋《ひさや》の姿を認め、

「お姉様はいらっしゃるかしら」と声をかけた。

「はな姫様、お久しゅうございまする、お戻りうれしくぞんじます」久屋は驚いた様子でそう言った。それから、

「今、姫様に声をかけてまいります。お待ちください」そう言って、ゆりを迎えに行った。

暫《しばら》くして、ゆりが駆けて来た。

「本当にはななのね」ゆりははなに抱きついて再会をよろこんだ。

そして手を摑《つか》み、

「河原に行きましょう」と城を出て、烏川《からすがわ》へと向かった。

河原にはたくさんのすすきがその穂を揺らしていた。遠く浅間山《あさまやま》が悠々と頭に雲をたなびかせている。

河原までの道中ゆりは、はなの手を引き、一言も話さなかった。到着してようやく、

「はな、よかった、元気そうですね。倉賀野に戻ったと聞きうれしく思っていたところです」と言った。

「お姉様、少しお痩せになりましたか」はなが言った。

「そうかしら、でもはなの顔を見たら元気がでました」

　そうはいうものの、以前のゆりは透き通るように白い肌という形容が似合っていたが、今は青白い調子を崩した肌色にはなは感じた。

「はなは相変わらずきれいだわ。ずっと越後に？」

「はい」

「そうでしたのね。これからは倉賀野にいられるのかしら？」

「そのつもりです」

　ゆりはうつむいた、そして、

「そう……。あのね、はな、はなともう会えないかもしれない」と言った。

「どういうことでしょうか？」

「一昨日のことです。範虎《のりとら》様のところに父上の使いで下田様が参りました。下田様は、『赤石陣に参じるように』と伝え、範虎様は『承知致した。支度を整え参ります』とお返事なさったのですが、範虎様は家臣を屋敷に集め何やらお話しを始め、結局一昨日はどなたにも支度の指示をお出しになりませんでした。それで、昨日も今日も家臣を集めて何やら評定を……」

「え、それは」

　関東管領山内上杉家の側近の家柄の木部家である。主家が戻るならば、評定など行わなくとも、駆けつければよい。しかし、

「範虎様は赤石へは行かないかもしれない。はな、私はどうしたらいい？」そう言うと、ゆりは泣き出してしまった。

「お姉様、涙をお拭きになって。お姉様らしくありません、お姉様、範虎様ときちんとお話していらっしゃいますか？」

　ゆりは首を横に振る。ゆりが何も言わないので、

「お返事を聞くのが怖い？」はながそう聞くと、ゆりはこくりと頷《うなず》いた。

「お姉様は、長野家の娘として、管領様の元へ範虎様がいかれるのがよいとお考えかもしれません、もちろんそうであることが正しいと私も思います。

　しかし、お姉様は、木部家の奥方として範虎様と木部家を守ることも正しいことであると思います。とにかくお姉様は範虎様と一度よくお話しにならないといけないと思います」

「はな、ありがとう。そうしてみます」

「木部家の行く先がもしも倉賀野家と異なってしまったとしても、私はお姉様お義兄様のことを信じます」

「ありがとうはな、よい妹を持てて私は幸せです」

ゆりは、はなの手を握りながらそう言った。二人は暫《しばら》く手を握っていた。もしかすれば、二人で会える日はもう二度と来ないかもしれない。

「どうであったか？」木部から戻ったはなに尚行が聞いた。

はなは、ゆりとの絆《きずな》を重んじて、

「ご準備の最中であるようです」そう伝えた。

「ほう、なるほどのう。そうであるならば、しばし様子をみるより他あるまい」

「はい」

# (七)　廐橋攻め

永禄三年（一五六〇）十二月某日。廐橋城である。

（賢忠お爺様《じいさま》、お借り致します）こはるは、心の中で賢忠にそう語りかけ、賢忠の枕元の刀掛けから刀を手に取り、そのまま自身の細帯に差した。

城に敵が雪崩込んでくる。

研ぎ澄まされたこはるの目には敵兵の太刀筋がゆっくりと映った。相手が刀を振り下ろした瞬間、相手の太刀に乗せるように刀を振り下ろし相手の脳天を打ちすえる。敵は兜《かぶと》を被《かぶ》っていたが衝撃に倒れ込む。敵兵たちはその音に振り向き、こはるを見てこう言った、

「おなごか？」

「さあ、私が、お相手致します！」こはるは多数の敵兵を見渡してそう言った。

数日前、十二月十四日。

不運であったとしか言いようがない。赤石陣内で馬が暴れたことが、謀反を起こしたと誤解され、厩橋長野道賢の嫡男彦太郎《ひこたろう》がその場で殺された。

　そればかりか、長尾景虎は、

「謀反の咎《とが》。厩橋城総掛かりだ！」と発した。

　長野業政は、

「景虎殿、お待ちくだされ。厩橋の謀反誤解でございます！　厩橋・箕輪、両長野家長きにわたり上杉家をお支え致してまいりました上杉の臣でございます。決して怪しい動きはさせませんゆえ、何とぞ厩橋をお許しくだされ」と懇願した。

「箕輪殿（業政）は信頼できても、厩橋殿（道賢）に二度目の降伏はありません」景虎は言った。

「もう一度、必ず憲政様の御前に参じさせます。どうか情けを」業政はなりふり構わず必死で嘆願した。

「子を殺された親が、その仇《かたき》の前に頭を下げに参じましょうか？」景虎は言った。

　業政はその景虎の言葉に堪えがたい怒《いか》りを感じた。

「なんというもの言いじゃ！　軍神の名が聞いてあきれますぞ！」業政は声を荒らげ

た。

「長野殿、もうこれ以上お止めなさい。厩橋殿のしてきたこと、長野殿が一番よく知っているはず」足利長尾当長が止めに入った。

　業政は懸命に厩橋長野家の助命嘆願をするも、景虎の決定は翻らなかった。


　厩橋城。

「こはる」道賢が言った。

「はい」こはるが答える。

「彦太郎ほか赤石に参じた厩橋衆はもう、戻らない」

「え？」

「みな、赤石で殺された。わしらは始めからこうなるように仕組まれていた。その上を歩いただけかもしれない」

「そんなことあるはずがありません！　我らは降伏を致しました。そして赤石にも参じたではありませんか」

「そうじゃ。しかし、その結果がこれだ」

「箕輪に、父に使いを出します」

「……もう、無駄だ。お義父上に話したところで、彦太郎は戻らぬ」

　厩橋城本丸御殿に残っている忠義ある家臣たちが道賢のもとに集まってきた。

「これが私の最期の指示となろう。みな即刻この城を去るように！」道賢が家臣たちに言いわたす。

　それを聞いた家臣たちは、

「何を仰《おっ》しゃいますか殿。若様を殺されて我ら厩橋衆が黙っていられるとでもお思いですか？」

「おぬしらの気持ちはありがたい。しかし、敵は越後勢まで加わった関東管領上杉憲政軍だ」

「北条は助けてくれんのですか？」

「いや、我らは、上杉に殉じたのだ。北条に助けを求めるは筋違いであろう」

「なんと」

「それならばなおさら、私たちをその戦いにお加えください。殿お一人でいかに戦いますするか」

「そなたたちがいかに強くとも、相手が悪い、もう結果は見えているであろう。私は無駄死になどしてはならないと申しているのだ。犠牲は少ない方がよい、城主の命《めい》であるぞ、どうかここを去って……」

「いかに殿の命とて、それだけは聞き入れられません」家臣が食い下がった。

　道賢は命を受けてくれない家臣たちに困り、こはるに助けを求めようとこはるの方を見て、

「こはる、おぬしからもみなに言ってくれ……ん？　こはる、もしやおぬしも戦うつもりか？」と言った。

　そこには武道の稽古をする時のように髪を高い位置でひとつに束ね、そして当てのある鉢巻を額に巻き、手甲に、胸当てと支度を進めているこはるの姿があった。

「はい、もちろんです」こはるは答えた。

「やはりか」道賢は頭を抱えた。

　家臣たちは、こはるの方に向き直り、

「御台様、我々も戦いまする」と言った。

　こはるは、

「はい」と言い頷《うなず》いた。

「わしはなんと強い女房を貰《もら》ったことか」道賢がそう言った。

　そこへ、

「父上、私も戦います！」一年前に沼田城から戻って来ていたひろこが言った。

「待て、ひろこ、お前は逃げてくれ」道賢が言う。

「そうです。ひろこ、戦いなど女子《おなご》のすることではございません」こはるが言った。

「まあ、母上、母上だって女子《おなご》ではありませぬか」そう言ってひろこは子どもの頃のように頬を膨らませて見せた。

　それから、笑みを浮かべ、

「父上、母上。大丈夫です、戦にはでませぬ。私にも守りたいものがございます」と言った。

「よかった、ひろこが厩橋長野の希望となるだろう」道賢が言った。

「父上、母上どうか御武運を」

　ひろこは我が子を伴ってここから逃げる覚悟を決めた。

　道賢はひろこを逃がし、そして上杉に反旗を翻すべく城門を閉じ籠城を開始した。

## ㈧　空のもと

　この時、厩橋長野家を長くにわたり導いてきた長野賢忠が綷切《ことき》れた。ここ最近は体調がすぐれず寝所にいることが多かったのだか、ここに来て急変した。大往生であった。籠城戦の真っ只中の別れ、この男らしい最期である。

「何？　お爺様《じいさま》が」道賢は、寝所に急いだ。

「お爺様……。法要もしてやることができない不孝をお許しください」道賢はそう言って賢忠の亡骸《なきがら》に手を合わせる。

（彦太郎もそちらに行きました。二人で待っていてください、私もじきに参ります）

　天は、賢忠の死を悲しむ間をそう長くは与えてくれなかった。

「殿、申し上げます。搦手《からめて》が破られました」

（くっ、こんな時にか、搦手口からの敵はいずれここに到達するだろう。どちらにしても結果は同じであろう、であるならば、やられるのを待つよりも追手を開いて打って出《い》でよう）と道賢は咄嗟《とっさ》にそう判断した。

「追手より出撃じゃ」―籠城の家臣たちにそう発した。

　追手口に道賢が隊を立てるとそこにこはるが合流した。

　こはるは搦手口から寄せて来た上杉勢の幾人かと斬り合いをしたらしい、衣が血に染まり息が上がっていた。

　道賢とこはる、夫婦になって二十年である。道賢は口を開いた、

「こはる、こはるの言うとおりにもっとお義父上に相談申し上げておれば、このような事にはならなかった。こはるすまない。苦労をかけた」

　こはるはそんなことはないと首を横にふり、手を握った。そして、道賢の下知により、追手を閉じていた閂《かんぬき》が外された。

　開かれた追手門に陣を構えていたのは、景虎の越後勢、そして、同じ長野の一族である箕輪長野家の業政であった。

「お義父上っ」道賢は、業政の姿を認めて思わず発した。

　道賢は追手門の前に歩みを進めた。後には引けない、捨て身の戦い、道賢はこの城

の主だというのに、誰よりも先頭にいる。

「お爺様、彦太郎。私もすぐそちらへ。地獄でお会いしましょうぞ」道賢は確かにそう言って、厩橋の誇りのために刀を抜いた。

刀を構えた厩橋城主長野道賢に対して、上杉勢は一斉に矢を構えた。弓が引かれ、そして、三十の矢が号令とともに、道賢へ向けて放たれる。

その瞬間、こはるがしらぬ間に道賢の前に出《い》でて、矢を受けて倒れた。道賢を庇《かば》ったのだ。先《ま》ずは、こはるが、そして道賢が厩橋城追手で倒れた。

道賢は、最期においてもやはり、初めて子どもを授かった時と同じように、

(これより先、子どもや孫が生きる世は戦の無い平らかな世であって欲しい)

そう願いながら絶命した……。

地方一領主の悲しさである。

厩橋長野への攻撃の最前に出されたのは、業政たち箕輪衆であった。

(こんなことになるくらいならば、上杉ではなく北条のもとへ走れと言うべきではなかったか)業政は自身の判断の甘さを悔いていた。

道賢は首級となった。籠城はわずか半日で決着が付いた。業政が駆けよると、こはるには、まだ息があった。業政は、こはるの胸に刺さった矢を抜いた。手で押さえて止血しようにも、見る見るうちに血がこはるの衣と、業政の手を紅《くれない》に染めた。こはるは薄れいく意識の中、業政の顔を認めて、

「父上お役に立てなくてごめんなさい」とか細い声でやっと伝えると、そのまま目を閉じ息絶えた。業政はこはるの血で染まったその手でこはるの手を握り、自らの頬にあてる。こはるの手の温もりが頬に伝わる。

「こはる、逝くな」業政はもう長い眠りについてしまったこはるにそう言った。

空は悲しいほどに青かった。

景虎は、厩橋城を接収し腹心の河田長親《かわたながちか》、北条高広《きたじょうたかひろ》を城代として置いた、厩橋城はその後、越後からの関東進出の拠点となっていった。

赤石、厩橋城の死者は五百人を超えたと「赤城年代記」は伝える。これ以降厩橋城は、沼田城と並び、上杉の関東攻略の拠点として重要な城に位置づけられた。

# 六　小田原

## ㈠　岩付

「山内《やまのうち》（上杉《うえすぎ》）様が越後よりお戻りになれば、山内様の元に参じる。それが扇谷《おうぎがやつ》（上杉《うえすぎ》）家老太田家の本来の道であろう」

岩付城《いわつきじょう》本丸屋敷にて、太田資正《おおたすけまさ》が嫡男氏資《うじすけ》をそう諭していた。

「その扇谷上杉家は、『当方滅亡』太田道灌《おおたどうかん》公の言ったとおり滅んだではありませんか」

「馬鹿を申すな氏資、お前の祖父難波田弾正《なんばだだんじょう》殿は上杉家を守りたい一心で氏康《うじやす》と戦い、命を落とされたのだぞ」

「存じております。その時岩付城の城主であった太田全鑑《おおたぜんかん》叔父上は、大変よき判断をなされ北条と手を組みました。父上だとて山内より北条の下にいる方が理に叶《かな》うと、今まで長きにわたり北条と結んできたではありませんか」

「わしは河越合戦の直後、兄上が亡くなりこの岩付に戻れた。太田家は代々上杉を支えてまいったのじゃ。北条に付くことを祖先がよしといわなかった。だから、兄上ではなくわしが岩付の主となった。そうは思わないか？」

「とんでもない。それは父上のご都合のよい思い込みでございましょう。太田家が家宰を務めた扇谷家は既にありません。山内家は扇谷家ではないのですし、北条家がここまで力を付けているのに、未《いま》だに上杉を支えていては、それこそ我が家は滅んでしまいます」

「待て、氏資、扇谷は滅んでおらぬ。わしは扇谷上杉を再興させる。そのために秘策がござる」

「秘策でございまするか。それは」氏資は身を乗り出し話を続けさせようとそう問うた。

「それは、じきに」資正は、喋《しゃべ》り過ぎたと思った。

　氏資はその策を聞き出し北条に伝えるつもりがある。そう考えた資正はそれ以上を伝えなかった。氏資にも、それは伝わっただろう、

「ではこれで、私は下がらせていただきます」氏資は部屋を去った。

　資正は立ち去る背中に、

「うむ」と返事をした。そして今日も、父子意見を違《たが》えたままである。

　資正は、同席し太田父子を見守っていた三戸興義《みとおきよし》に、

「三戸殿、評定を開きたい。みなを呼んで来てはくれないか」と言い、

「あ、氏資は呼ばずともよいのでの」と付け足した。

「よろしいのですか？」興義が聞いた。

「あやつがいては話が進まん」

（それどころか、軍議の内容がそのまま北条に筒抜けとなろうぞ）

「そうじゃ、ここと、ここと、ここに手分けして兵を入れる……」

　資正は床に広げた絵地図に碁石を並べながら家臣たちに説明する。

「……そして、日柄と刻を合わせて手分けして三か所一気につつくのじゃ」資正はその声に合わせ碁石を置く。碁石が板張りの床の上に広げられた絵地図の上で小気味よい音を立てる。

「なるほど北条は今上杉勢を警戒して、武蔵松山城に入っているが、この松山城と小田原城の間をつつけば」家臣が合いの手を入れる。

「そうじゃ、本城小田原に戻れなくなっては大変と松山を捨て、小田原に下がるであろうな。がっはっは」資正は機嫌よさそうに笑った。

　それにつられて家臣たちも、

「ほほう。殿、名案ではございませんか。氏康の困り顔が目に浮かぶ」と胸を躍らせた。

武蔵松山城《むさしまつやまじょう》である。

北条氏康《ほうじょううじやす》はここで、上杉勢を迎え撃とうと城に入った。

氏康はこの関東に静謐《せいひつ》をもたらせることができるのは、北条家であると情熱を持っていた。上杉のやり方は旧式で、民から多くを奪い私腹を肥やし腐りきっている。民に信頼される新しい国を造ること、それこそ己に課せられた使命であると考えていた。

十三年前の、河越合戦で扇谷上杉が滅びた。八年前、山内上杉は平井城《ひらいじょう》を捨てた。両上杉がいなくなり、関東は静かになった。それなのに、

「関東諸将の方々も、往生際がお悪い。今さら越後から山内様を呼び戻そうなどと、嫡男を見捨てて逃げてしまうような山内様のどこがよいのでございましょうか。あの時山内様にとどめを刺せなかったことが悔やまれます」氏康がそう言った。

家臣が氏康のもとに上がり、

「申し上げます」と言った。

「はい」

「岩付衆が三手に分かれ行軍を始めましてございます」

「遂《つい》に本性を現しましたね。岩付の若君（太田氏資）の言ったとおりになりましたね」

氏康が言った。

氏康は岩付太田家を決してぞんざいに扱わなかった。例えば、氏資のところには、自分の娘を嫁がせた。資正には、氏康が口を利き官位を貰《もら》ってやったりもした。

「北条家をここで潰《つぶ》すわけにはいきません。みな小田原へ、越後の景虎との力比べは、小田原までお預けです」

氏康は松山城を捨て、小田原に引き返した。

永禄三年（一五六〇）十二月。

それはちょうど上野国で上杉勢が厩橋城を攻め落としたのと、同じ頃であった。

## ㈡　松山

「なんじゃ、なんじゃ。人っ子一人おらぬではないか」

太田資正は大袈裟《おおげさ》にそう言って、北条勢が去ってがら空きになった松山城に入城した。

「氏康め。恐れをなして退《の》きおったな。扇谷上杉家家宰、太田家当主太田資正。遂《つい》に松山城を取り返したり。みな、勝関《かちどき》じゃ」

「おう！」

資正の策は上手《うま》く運んだ。

河越合戦で果てた扇谷上杉朝定《おうぎがやつうえすぎともさだ》・難波田善銀《なんばだぜんぎん》・仲間たち。そしていつも胸の中で自分を励ましてくれている曽祖父にあたる太田道灌《おおたどうかん》、彼らも共にこの勝関をよろこんでくれているに違いない。資正は胸が高鳴った。


一方、上野赤石《こうずけあかいし》、関東管領山内上杉憲政のもとに集まった諸将は十一万を超え、河越合戦以来の関東管領山内上杉の大軍勢がここに産声を上げた。

幾手かに分かれての進軍であった、鎌倉上道を小田原に向け一気に上ってゆく。上道を通過する列は長く村から村までをまたいでもまだ連なるほどであった。赤石の陣からの関東平野はどこまでも広く繋がっている。その進軍の中に、箕輪城《みのわじょう》主長野業政《ながのなりまさ》率いる箕輪衆の一団がある。一団を従え国境を越えるのは、河越合戦以来である。

「必ずや吉報を持ち帰陣致そうぞ」業政に迷いはなかった。

赤石を出発した上杉勢は松山城での一戦を予想していたが、既に松山城に北条勢の姿はなかった。代わりに、岩付太田家の軍紋である〈鏑矢左前《かぶらやひだりまえ》〉がはためいていた。

資正ら岩付衆が、上杉勢を出迎えた。松山城本丸の屋敷の上座を憲政に譲り、資正はその前に控えた。居並ぶ諸将の前で、憲政が、

「ようやった！」資正に声をかけた。

「はっ、山内様のお戻り長いこと夢見ておりました、此度《こたび》のご帰還誠におめでとうございます」そう言って資正は深々と頭《こうべ》を床に着けるほどに垂れた。

「うむ」と受け、憲政はみなを見渡し、

「みなの者ご苦労である。長く関東を離れておったがみなの御蔭《おかげ》でようやく戻ることができた。関東静謐《せいひつ》を掲げ、真にこの鎌倉府を安寧へと導く関東管領は累代より継承を受けた私であるとみなが思うてくれておるからじゃ、こんなにうれしいことはない。

また、今般の松山城攻めでは太田殿の機転によって我らの勝利と相成った。その働き実に見事」と礼を述べた。

夢のような夜である。憲政はそう思った、資正も、業政もそう思った。

至って順調な走り出しであった。今宵ばかりはよいであろうと酒が振る舞われた。

資正は、前から歩いて来た青年に思わず声をかけてしまう。

「吉業殿《よしなり》？」

（おかしい、吉業殿は河越夜戦で命を落としたはず。だいいち、もう最後にお会いしたのは十数年も前ではないか）

吉業殿と呼ばれてその青年は振り返る。

「……私ですか？　吉業は私の兄です。しかし、私は兄を見たことがありません、私が生まれる前に兄は亡くなってしまいました。貴方はもしかして？」

「あ、すまない、岩付の太田でございます」

「やっぱりそうだ、太田資正様ですね！　犬を連れていらっしゃるからすぐにわかりました！　父や藤井《ふじい》殿から太田様のことを聞く度にお会いしてみたいと、そう思っておりました。本当に犬を連れていらっしゃるのですね！」氏業ははしゃいだ声でそう言った。

（なにやら、なつっこい仔《こ》犬のようじゃな）資正は思った。

「すると、貴方は長野業政殿の」

「はい、箕輪長野氏業《みのわながのうじなり》と申します」

「しかしまるで、生き写しでございますな。喋《しゃべ》ると違う感じですが、見た目は吉業殿によく似てらっしゃる」資正はそう言った。

「やっぱりそうですか？　だからかなあ、父は最近私のことを〈吉業〉と間違えてお呼びになるのです。それとも、私が北条家から氏の字をいただいて〈氏業〉としたことが気に入らないのでしょうか」

「大切なご嫡男、長野殿がかように思われるなどということはありますまい。家の倅《せがれ》は氏資というがやはり貴殿と同じく北条より名をいただいた。しかし貴殿とは違い、お恥ずかしいことでござるが、なかなか意見を同じにすることができず、氏資は上杉へ従うことをよしとしてくれん」

「然様《さよう》でございますか。しかし太田様、私も氏資様の気持ちがわかる気が致します」

「ん？　然様か？」

「はい、過日厩橋城《まえばしじょう》が落ちました。そして厩橋長野はみな殺されました。同族をそのようにしてしまったお方にお仕えしようとは、なかなか思えぬものであります」

「何、厩橋が落ちたのか？　赤石陣に参じたのではないのか？」

「はい、参じました。しかし、その後疑いをかけられて、落とされました。

　わかっております。厩橋は北条に通じる可能性が大きいと思われたのでしょう。危険の芽は早々に摘んでしまわれようとなさったのでしょう」

「然様《さよう》でございましたか。なんとお声をおかけしてよろしいものか」

「……一領主の力ではどうすることもできないことが多くございますね。今回の件で身に染みました。この仔を撫《な》でてもいいですか？」氏業が言った。

　資正は頷《うなず》いた。氏業が資正の連れ歩いている黒毛の凜々《りり》しい成犬の前にしゃがみ犬を撫《な》でる。氏業に撫でられてその犬は千切れんばかりに尾っぽを振った。

「太田様、後で父に会いにいらしてください。父も太田様にお会いできるのを殊の外楽しみにしておりましたから」

「是非そうさせていただこう」

「太田様この仔の名はなんと？　あっ、待ってください、私が当てて見せます！　うーん。クロ、クロではありませんか？」

「うん、うん、正解じゃ」

「やっぱりクロだ、クロじゃないかなって思ったんです」

「クロ、クロや」そう言いながら氏業は犬を可愛《かわい》がった。

（多くの者には懐かないよう躾《しつ》けた強き犬を連れておるが、氏業殿にはもう懐いてしまったようじゃな。犬好きに悪い奴はおらぬゆえ、よき将におなり遊ばすだろう）資正はそう持論を発した。

## ㈢　憲　勝

「太田殿！　お久しゅうございますな！」長野業政は、松山城で太田資正に久々の再会をした。

「まさかまさか！　松山城を太田殿が既に取り戻されているとは！」業政はうれしそうにそう言った。

「いや、いや。思ったよりも上手《うま》く行きもうした」照れながらそう資正は答えた。

「ところで、長野殿。厩橋城のこと聞きましたぞ」資正が続けた。

「うむ、誠に力及ばず、無念なことじゃ」

「まったくです、この越山、長野殿の存分なお働きがあったからだというのに、越後の長尾殿はそれをわかっておりながら、長野殿のご親類を殺してしまわれたのですか」

「うむ、わしの考えが甘かったのじゃ、こんなことになるならば」

「いっそ、北条にでございますか？」

「はっはっは。察しがよいな」

「みな、迷うております」

「うむ」

　二人の間に沈黙が流れた。

　そこへ、

「殿、憲勝《のりかつ》様、御到着でございまする」太田家の三戸興義から声がかかった。

「はっはっはっ、実によき頃合いじゃ。失礼致す」資正はそう言って、席を外し、憲勝と呼ばれる人物を出迎えに行った。

　そして、

「紹介してもよろしいかな。さ、さ」資正はそう言うとその人物を近くに呼び寄せた。

「奥州《おうしゅう》よりお越しいただいた。扇谷上杉朝定《おうぎがやつうえすぎともさだ》様の弟君、扇谷上杉憲勝様であります」

資正はそう業政に紹介した。

「……なんと、扇谷上杉朝定様に弟君がいらっしゃりましたか」業政は目を丸くした。

「お初にお目にかかります」一見頼りなく見える細い身体《からだ》から、頼りなさそうな声で憲勝は業政に言った。

「太田殿、これが太田殿の仰《おっ》しゃっていた〈扇谷再興の秘策〉というわけでございますな！」業政は、遂《つい》に資正の作戦に気付き、そう言った。

「そうです。この松山城に城主としてお迎えしたのです。佐竹義昭《さたけよしあき》様や、白河結城《しらかわゆうき》家みなみなさまにもご推薦いただき、この運びとなりました。そしてゆくゆくは、河越、江戸と攻め上がり武蔵守護におなり遊ばすお方にございます」

「これは驚いた！　上野には山内上杉家が戻り、武蔵には扇谷上杉家が復活ですな！まるで盆と正月が一度に来たかのようじゃ」さすがの業政もうれしくなった。

「ははは、そんなによろこんでいただけるとは、憲勝様をお連れした甲斐《かい》がございます」

　あの河越夜戦から十四年が経《た》とうとしていた。何かを成そうとするのに一生は短い。業政、資正今ここに関東を再び両上杉家の治める地にしようという計画の、大いなる一歩を踏み出したのである。

そこへ、十四、五の可愛《かわい》らしい娘が姿を現した。胸には仔《こ》犬を抱いている。辺りは戦支度の男どもばかりである。その中の紅一点、麗《うるわ》しいばかりである。

「おや、これはお美しい姫君じゃ」業政は眉を下げてそう声に出した。

その姫は、憲勝の側《かたわら》に行って、

「ぶるぶる震えて、かわいそうだから抱いてやりました」憲勝にそう言い胸に抱いた仔《こ》犬を撫《な》でた。それから、

「父がお世話になっております」みなにそう言った。憲勝の娘である。

「うむ、年端も同じ頃ではござらぬか」業政が思わず口に出す。

それを聞き逃さなかった資正が、

「ん？　然様《さよう》ですな」と言う。氏業とのことを言っているのであろう。

「家に嫁いでくれたなら、こんなにうれしいことはないであろうな」業政は自分の望みの続きを頭の中だけに留めて置けず小さく口に出す。

資正はこれを自分に尋ねられているのかと思い、

「ん？」と聞き直した。

「はっはっは。いや、なに失礼した」業政が弁解する。

「姫、その仔は松山城に置くつもりで連れてまいりました。友達とされては如何《いかが》かな？」

資正が姫に言った。

「まあ、ぜひこの仔《こ》を私にお預けください」姫は答えた。

「うむ、可愛がってやってくれ」

「ありがとうございます。太田様この仔の名は」姫が尋ねた。

「まだ決めておらぬ、何か適当なのを付けてやっておくれ」資正が言った。

「ええっと、太田様の連れておられるクロのように強い仔になるようクロと名付けましょう」姫はそう言って、仔犬に向け、

「クロ」と呼びかけた。すると、資正が連れいていた成犬のクロが、自分が呼ばれたかと思い、駆け寄った。クロとまだじゃれていた氏業もまたクロに従い、その場に向かった。

　姫と氏業はそうして出逢った。氏業は、

（なんと麗《うるわ》しい方だろう）と思い。

　姫もまたそのように思ったそうだ。

永禄四年（一五六一）二月二十二日。

太田資正は、憲勝を城主として松山城に据えた。そして、家来衆と、犬五十頭を松山城に入れた。松山城に憲勝が入ると、忍城《おしじょう》成田長泰《なりたながやす》、深谷城《ふかやじょう》上杉憲盛《うえすぎのりもり》ら北武蔵の国衆はじめ、下野、下総の国衆たちも、憲政のもとへと参陣するのであった。

## ㈣ 進軍

長尾景虎は、松山城でひとり静かに時を過ごし、そして筆を執り、小田原城を落とすべく、願文を認《したた》めた。

『昔より関東管領との誼《よしみ》がある、我が長尾家、将軍よりの信頼も厚く今回も関東管領をお助けせよとの上意を頂いた。筋目といい我々の武勇といい、関東の逆徒（北条）を破り勝利をしないわけはない。私の意は存分に達せられ、関東に静謐《せいひつ》をもたらすでしょう。その暁《あかつき》は、東国の諸士を悉《ことごと》く鎌倉に置き、もとの鎌倉府と致しましょう。

永禄四年（一五六一）辛酉二月二十七日　弾正少弼景虎

『晋上　鶴岡八幡宮寺』

そして上杉勢は準備万端整えて、松山を発した。松山から見る関東平野はどこまでも広く繋《つな》がっている、

「豊かな土地だ」景虎はそう呟《つぶや》いた。

三日も行軍すれば、自《おの》ずと目指す小田原とは目と鼻の先となる。

「遅い、遅いぞ！」景虎は、資正を呼んでそう言った。

「はい、何のことでしょうか」資正は応じた。

「里見義堯《さとみよしたか》殿のことです。そもそもこの越山の始まりは里見殿を助けんがための行軍であり、関東の諸将が集まって北条を叩《たた》こうというのに、里見殿がおらぬというのはいかなること。太田殿、里見殿への催促の使者はどうなっておりますか」景虎の言うこともっともである。

「既に使者は送っております。じき参りましょう。景虎殿あまりせっかちになられますな。大船に乗ったつもりで悠々と」資正がそう答えた。

（どうも関東の諸領主とは調子が合わない）景虎は思った、そして、ため息ひとつ漏らして後、

「仕方ない、もう暫《しばら》く待つとしよう」と言った。

　その半刻後。

　里見義堯の息子里見義弘《さとみよしひろ》が船に乗って登場した。たくましい腕っぷしと、良く焼けた黒い肌、船の帆にはこれでもかと大きく〈二引《ふたつひ》き両《りょう》〉の紋が染め抜かれている、帆掛け船を自在に操り、河をのぼる。その姿を、長野業政が認め、

「義弘殿みな待ちわびておりましたぞ！」と手を振り、声をかけた。

「いや、すみませぬ。叔父上（業政）殿、せっかくがら空きになった房総《ぼうそう》を今取らないでいつ取るんだってなことで、血の気の多い我が軍みな沸き立ちまして、参じるのが遅れてしまいました。でもほら、みなさん私たちの得意は水軍でございますゆえ、まさに」義弘がそこまで言うと、資正がその続きを、

「まさに今ここでの参陣申し分なく候でございますな！」と続け景虎の方を向いた。

　景虎は頷《うなず》いた。

　再び資正は、義弘に向き直り、

「さて、義弘殿、こちらに来るのは嫁取り以来ですかな？」と尋ねた。

「いやあ、よしてくださいよ」と義弘。

「いやいや、よしませんよ。皆様にもひとつ聞いていただきましょう！」資正は大声で口上を始めた。周りの者が集まってくる、

「こちらにおわすのが、かの有名な里見義弘殿。古河《こが》公方《くぼう》足利《あしかが》晴氏《はるうじ》様の姪子《めいご》様を奥方様に貰《もら》っておる。時は天文七年（一五三八）、鴻之台《こうのだい》の戦い、晴氏様と義明《よしあき》様が兄弟同士で公方の位を争った。

　里見家はもとより義明様と親しく、ここにおられる義弘殿は幼き頃義明様のご息女様と許婚《いいなずけ》となられていた。しかし、敗れた義明様はお討死。ご息女の青岳尼《しょうがくに》様は太平寺《たいへいじ》に入られた。

　弘治二年（一五五六）。ここにおられる義弘殿は、安房より船に乗り海を渡り、北条領真《ま》っ只中《ただなか》の太平寺まで進めた。そして、青岳尼様のおられる尼寺に忍びこみ……。

　義弘殿、そこでなんと青岳尼様にお声をおかけしたのでしたかな？」

「青岳尼様、お迎えに上がりました、と」義弘は仕方なく資正の問いに答える。

「それから？」資正がなおも問いかける。

「わ、わしと安房へ」

みなが固唾を呑《の》んで聞き入る。

「それから？」

「け、結婚しよう」

聴衆が、

「おー」とどよめき、歓声をあげる。

「と、いうことでございます」と資正がまとめた。

「それでは、水軍ではなく、まるで……（海賊ではないか）」景虎は、「まるで……」のあとの言葉をなんとか飲み込んだ。

ともあれ、里見水軍も参集し、上杉勢が遂《つい》に酒匂川《さかわがわ》を渡って小田原を囲んだのだった。

## ㈤　小田原

穏やかに晴れた日である。波の音が微《かす》かに聞こえる。

「なんじゃこの土の壁は、一体どこまで続いておるのじゃ」小田原城をぐるりと囲む土塁を見て長野業政は驚いた。

「総構えと申します」いつぞや小田原城に出仕していたことのある本間近江守《ほんまおうみのかみ》が言った。

「二里か、それ以上は続いております」同じく井保左近《いまたさこん》が言った。

「に、二里。この土塁そんなに続いておるのか」業政は言った。

「この総構え、町をすっぽり囲っておるのです」と本間。

「何、この中に町があるというのか。よく考えたものだ」業政が言う。

「総構えが一の防備。町の家々が二の防備。そこからまた水堀があり、ようやく城でございます」と井保。

上杉勢はこの高く険しい土の壁の前で立ち止まることを余儀なくされた。

　そんな中、総構えに付けられた虎口を力で突破し、

「我に続け！」長尾景虎は馬上単身城内へと侵攻する。

「おう」と腹から声を響かせ、そこに勇ある越後武者等が続いた。〈懸乱龍《かかりみだれりゅう》〉と〈毘《び》〉の陣旗が勇ましく小田原の地に翻る。そして遂《つい》に城と景虎を隔てる物は池一つとなった。北条勢は門戸をぴたりと閉じて籠城を崩す気配はない。

「うむ、静かであるな」景虎が言った。

　景虎は馬を停《と》め蓮池《はすいけ》と呼ばれるところへ歩いていく。

「あそこは眺めがよさそうではないか」景虎が言う。

「景虎様、これ以上は近づくのは危のうございます。お止《や》めください」家臣の制するのを聞かず、なおも城に近づいていく。

　景虎は、

「仏神の加護は我にありじゃ」と笑って聞く耳を持たない。

「うむ、ここがよかろう」そう言って景虎は、池のほとりにどかっと座って、握り飯を食べだした。その姿を見た敵勢のみならず味方からも、「あれはなんじゃ」と声が上がった。

籠城している北条勢の見張が、北条氏康に報告した。

「ん？　越後の長尾景虎と思《おぼ》しき者が城に近づき、飯を食うているだと。なんと、勇のある御仁であるか。なるほど、長尾景虎殿面白い、一発お見舞いしてやりなさい」

氏康が命じた。

「承知致しました」

「外すでないぞ」

「はっ」

北条勢の鉄炮《てっぽう》に覚えのある兵が、柵の内側より景虎に狙いを定める。

景虎は、

「ん？」と状況を察するものの、未《いま》だ悠々と座している。

銃声が一発、弾は景虎をかすめ地に刺さる。あまりに動じない相手をみて、北条の鉄炮は手元が狂ったようだ。

「氏康様」

「情けない声を出すのではありません、如何《いかが》致しましたか」

「あの御仁に鉄炮を向けまして、じっと見ると後ろから大きな龍《りゅう》が口を開けるようにわしを威嚇したのでございます」

「馬鹿な、そんなことがありますか。まあよいでしょう。弾がもったいない、ゆっくり蓮池を見学させて差し上げなさい」氏康が言った。

辺りで固唾を呑《の》んで見つめる敵も、味方も景虎のその度胸と余裕に舌を巻いた。その景虎の行動は神憑《かみがか》った何かを感じるさせるのに十分であった。


小田原城下では、その後約一か月の睨《にら》み合いが続いた。上杉勢は、小田原を取り囲み周囲の家々を焼き払い、北条の兵を誘い出し実戦に持ち込もうとしたが、小田原勢は籠城を崩すことはなかった。

その頃、甲斐からの武田勢、駿河からの今川勢が迫ると情報が寄せられた。甲相駿三国同盟が威力を発揮したというわけである。そして、追い打ちをかけるように、上杉の陣中に疫病が流行り始めた。草木が芽吹くようにその病は蔓延《まんえん》し始めた。

「ごほ、ごほ」業政もその病の餌食となった。

「父上」氏業が心配そうに声をかける。

「大丈夫だ」業政は答えるが、

「長尾殿の働きは見事であったが、今は退《の》きの時期かもしれないのう」人生で初めて見る、小田原の大海原を目に焼き付けながら、業政はそう続けた。

## ㈥　名跡

関東管領山内上杉憲政は、前もってこんなことを考えていた。

（才ある者に、この名跡を継いでもらおう、長尾景虎はそれに見合う人物である）と。

諸将が集められ、憲政はこう発した。

「みなよく私に付き従ってきてくれた。感謝申し上げる。この戦いで私はみなの忠心に胸を打たれ、この上ないよろこびを感じた。此度《こたび》は心残りではあるがそろそろ退《の》きとしたい」

その憲政の意見に異論は出なかった。憲政は続けた、

「私はみなに陰で言われるとおり優秀な将たちを預かりながらも、上手《うま》く使う術《すべ》を持たない。全ては私の責である。ついては、これを機に越後より骨折りいただいた、長尾景虎を我が養子として上杉家に迎え入れようと思う。如何《いかが》であろうか」

諸将は顔を見合わせた。

「なるほど軍神と呼び声の高い景虎殿が関東においでくだされば、北条からの脅威に怯《おび》えることもなくなりましょう」

「そうですな、平井城か厩橋城にお入りいただいて、北条を牽制《けんせい》していただく」

「いや、しかし、平井城はすっかり灰になったと」

「それでは、先《ま》ずは厩橋にお入りいただいて」

諸将たちのやり取りに割って入ってきたのは当の本人の景虎である。

「お、お待ちください」景虎が言った。そして、

「私はそのような考えで越山致したのではございません。関東管領山内上杉家をお支えするのは長尾家の努め、それのみでございます」と続けた。

「景虎殿受けてくれ。景虎殿は京の将軍様より御内書賜るほどの人物である、景虎殿御内書をみなに」

景虎は、みなの前に御内書を広げた。

「『関東上杉五郎進退の事、今後景虎の意見をもって行動することが肝要である』と、書かれておる。足利義輝《あしかがよしてる》様より直々に賜ったものだ。その才はみなの存ずるところ、

これからは景虎殿が関東管領山内上杉だ。みなこれからも今までと変わらず山内上杉家を支えてほしい」憲政はそう言った。

「お待ちくだされっ」そう声を上げたのは、長野業政である。憲政のもとに歩み寄って、

「将軍様は、景虎殿に、憲政様をお助けする権限をお与えになったに過ぎませんでしょう。山内の名跡と、その上管領職までお譲りになるとは！　御屋形様お考え直しください！」そう意見した。

　憲政が頼りないのは重々承知である。しかし、共に戦ってきた憲政がこの舞台から退こうとしていることに腹が立った。業政が待ちわびていたのは、景虎ではない、関東管領の山内上杉憲政なのである。憲政三十八歳、業政は六十三歳である。業政は河越合戦で嫡男を失い、還暦を過ぎて未《いま》だ敵を相手にしている。これも憲政が関東に戻り国が安定するのを夢に見ているからに他ならない。

「ご隠居には早すぎましょう！」業政が発した。

　憲政は、自分の不甲斐《ふがい》なさを悔いているようにも見え、静かにこう言った。

「いや、これでよいのじゃ。此度《こたび》の越山でよくわかったであろう。真に義に近く、また、

なんといっても武才がある。もう、決めたことなのじゃ。景虎殿もそれでよかろう？」

「憲政様直々にそう仰《おっ》しゃられ、またみなさんの推挙がありますれば、謹んでお受け致したき所存。ただし、長野殿も申されるよう、期限を設けましょう。関東の静謐《せいひつ》がなされたその時、憲政様に関東管領職お返し致します」景虎が言った。

「うむ、そうであるな。まずは期限を付けよう。それで如何《いかが》か長野殿。長野殿の働きはみなのよく知るところ、長野殿の同意を得られなければの、よいな？」憲政が言った。

「はい、承知致しました」業政は渋々答えた。

「では我が陣は只今より退《の》きとする。背後を衝かれぬよう牽制《けんせい》しつつ撤退。目指すは鎌倉である！」と憲政。

「鎌倉？」

「うむ、北条を排除したならば、祖先がしていたように、鎌倉の地を中心に戻して関東静謐《せいひつ》を達していくのじゃ。そのための下見と参ろう。よい関東をつくってまいろう！」

　景虎に関東管領職を譲ると語った憲政は、自分では達することのできなかった夢物語を景虎に託した。

## ㈦　関東静謐

　大軍で小田原城をひと月に及び囲んだ上杉勢は、永禄四年（一五六一）閏《うるう》三月四日。酒匂川から撤退し、進路を鎌倉へ取り鶴岡八幡宮《つるがおかはちまんぐう》を目指した。

　武蔵野国忍城《おしじょう》成田長泰《なりたながやす》のところには、長野業政の三女が嫁いでいた。嫁いでいたというのは、長泰はあの河越合戦の前には北条に付いており、その時に業政三女とは離縁をしたからだ。なお今は長泰の嫡男氏長《うじなが》のところに岩付太田資正の娘が嫁いでいる。関東の領主たちはそのようにして関係を深めていた。

　その長泰が、業政に、

「わしらは越後の長尾殿に上杉家をお譲りになる、そのお披露目式をするためにこのような大軍を率いて鎌倉まで来たのではございません」と苛立《いらだ》ちながらそう漏らした。

「わかります。わかりますぞ、長泰殿。その点に関しては同意致します。私だってお披露目式をするために来たつもりは毛頭ありませんし、長尾殿が上杉家の名跡を継ぎ、関東管領職までもお引き継ぎなさるなどとは、本音を言えば未《いま》だ反対にございます」

業政がそう言った。

　長泰は今回の越山には消極的であった。それを業政や、資正がなんとか説得したのだ。

「長野殿、私は」と長泰が何か言いかけるのを業政は遮るようにして、

「成田殿、私は憲政様をお支えしたいんじゃ。長尾殿を関東管領としなくとも、関東の諸将が今後、憲政様をお見捨てになるようなことがなければ、それでよいではないか。そうでございましょう」と発した。

「ええ、長野殿が今まで憲政様のことを御屋形様とし一途《いちず》にお支えしてきたことは、みなの認めるところにございます。旧臣が離れる中、決して憲政様のところを離れようとはなさらなかった。長野殿がおらねば、今回の憲政様の御越山叶《かな》いはしなかったでしょう」長泰が言う。

「成田殿わかってくださいますか。私の忠義を」

「ええ、わかっております」

「お家のためとはいえ、北条に付き我が娘と離縁したこと、水に流しましょう。またこうやって集えた同志でありますゆえ、これからもともに上杉を！」

「長野殿……」長泰は悩んでいた。

「成田殿、私もこの歳で遠征はきつくてのう。どうか、力を貸してくだされ」そう言って業政は、ごほごほと咳込《せきこ》んだ。

「大丈夫でございまするか」長泰が心配そうに手を差し出す。

　咳はなかなか治まらないが、

「いや大したことはないが、ちと無理をしたようじゃ。成田殿、どうか上杉を支えてくだされ」業政は長泰に笑って見せた。

「わかりもうした。どうかご心配なされますな」長泰が言った。


　実際、成田長泰は奉賀に参じた。

　そしてそれは、馬上よりの奉賀であった。旧来忍領成田家は奉賀の際、馬に乗ったまま参じることを許された家であった。

　しかし、晴れ舞台をけなされたと思った景虎は長泰を引きずりおろし、扇で打ち据えた。

「おやめください」長泰の声が、静寂の鎌倉鶴岡八幡宮に響いた。

　景虎は長泰を睨《にら》みつけ、

「おぬしがわしに従いたくないと思っておること、とうにわかっておるのじゃ」そう言い放った。

（なんたることじゃ！）業政が景虎に怒りを覚えたのは、厩橋長野彦太郎のことを殺し、厩橋長野の思いを踏みにじったことに続き今回で二度目である。

　長泰の頬には馬から引きずり下ろされた時に付いた擦り傷が見え、痛々しそうである。

「お二方、私はもうあんな越後のよそ者に関東を任せようという気がまったく尽き果ててしまいました」業政と資正を前に、長泰が言った。

　業政も資正も長泰の心が上杉から離れないように尽力してきた。しかしこの一件で、もはや長泰を引き留める術《すべ》を失ったように思った。

「悪いが、忍に引き上げさせていただきます」長泰はそう台詞《せりふ》を残して去ってしまった。

（長らく築いた北条との関係。今なら修復可能かもしれない……）長泰にそんな臆測がないわけではないのは見えている。武蔵国忍領は越後から上野を通って小田原へと向かうその途中にある、今回の越山で、上杉方に転じたのは我が領地の危機を回避せんがためである。長泰はそう考えているだろう。

そんな一幕はあったものの景虎は遂《つい》に神前にて、関東管領就任と上杉家の養子として上杉を名乗ることを奉告した。ここに関東管領上杉政虎《うえすぎまさとら》（長尾景虎改め）が誕生する。

## ㈧　去

赤石陣での参集は、「関東幕注文」と呼ばれる文書によっても明らかなように華々《はなばな》しいものであったが、小田原攻めは城を包囲するのみで成果を挙げることはできなかった。小田原への遠征を、その歳《とし》をおして参陣した箕輪城主長野業政は、陣中で猛威を振るった流行病に罹患《りかん》した。城に戻ってくるのもやっとであった。

「ああ、口惜しや、憲政様に関東へお戻りいただくひと駒がようやく進んだところで、このような病と闘うことになろうとは、敵は北条、武田だけで十分じゃ。頼むから我が体軀《たいく》よもう少し持ってくれ」と業政は思うが身体《からだ》は衰弱の一途を辿《たど》る、まずもってここ十日ほどは食べ物を身体が受け付けない。

　業政は自らの死期を悟るに至り、寝所に藤井豊後守友忠を呼び、

「豊後、吉業のこと、それから氏業のことも立派な武者に育ててくれたそなたに、何の礼もできないでいるわしをどうか許してくれ。わしに残された時はもう僅かなようだ。どうか、氏業のことを頼む」と伝えた。

「大殿、吉業様はもとより、氏業様までお任せいただき、私は幸せでございます。若君様がご立派にご成長なさったということが何よりの私の宝でございます」友忠はそう言いながら目を伝って落ちてくる涙を止めることができない。

「豊後、泣くな。私はよき家臣を持てた、感謝する」

　そこまで話すと、目を開けているのが辛いのか、業政は目を閉じてしまう。そして、目を閉じたまま、

「……。氏業を呼んで来てくれ」と言った。

「父上、氏業でございますよ」眠っている業政に声をかけた。

「氏業、よく来た。よく聞いて欲しい、もしわしが死んでも、一里塚のようにして塔婆も立てぬでよい、法要なども一切してはならぬぞ。そして、箕輪長野家の主は関東管領山内上杉憲政様お一人である。北条や、武田には決して降《くだ》ってはならぬ。仮に潔く討死することがあっても、それこそが父に対する孝行であるぞ」

そう発すると、業政は、箕輪城の寝所にて、みなに看取《みと》られ静かに息を引き取った。

享年六十三歳。

永禄四年（一五六一）六月二十一日であった。

業政はしかし、満足だったに違いない、北条方だった旧上杉方がこぞって憲政のもとに集い、見事上野の地を取り返すその只中《ただなか》であったのだから。

あちらこちらから、すすり泣く声が響いた。業政の室であるきぬが、

「この乱世で武者である殿が城の床の上でみなに見送られて逝くとは贅沢《ぜいたく》なことです」

と発し、そのまま泣き崩れた。

氏業は、父業政から引き継いだ箕輪城城主という立場、みなを率いてこれからの舵取《かじと》りを任された責任からか、みなの前では涙を流すことはなかった。対処せねばならぬことは山積みである。

なお、この物語は業政に代わり、氏業を城主とした箕輪城のその落城までを記していくこととする。

# 七　乱中

## (一)　新たな当主

日が暮れた箕輪領《みのわりょう》の山中。箕輪城《みのわじょう》の家老藤井友忠《ふじいともただ》・下田正勝《しもだまさかつ》・小熊源六郎《おぐまげんろくろう》など数人が長野業政《ながのなりまさ》を埋葬した。遺言どおり土を被《かぶ》せたのみで塔婆も立てなかった。

「ご遺言とはいえ、あんまりじゃ」土を被せながら友忠が言う。

「これも大殿のご意志でございますから」と正勝。

「私は上杉殿を恨みまする」源六郎が言った。

それを聞いた正勝が、

「何を馬鹿なことを言うのじゃ」と源六郎を諫《いさ》めた。

「大殿はかの御仁の越山を楽しみにしていたではないか」と友忠。

「そうじゃ、ならばなぜもっとお早くおいでくださらなんだ。なぜ、大殿を小田原にまで付き従わせたのじゃ」源六郎が言った。

「今さら言うても仕方のないことでござる」と友忠が言った。

「吉業《よしなり》若様が河越合戦でお亡くなりになって、氏業《うじなり》若様もまだお若いのに、なぜ大殿は死んでしまわれたのじゃ」と源六郎。

「しっ。そのようなこと大きな声で言うものではありませんぞ！」と正勝。

「こんな夜に人目をはばかって穴を掘り、そこに大殿を……」源六郎が涙声でそう言った。

「さあ、ことは済みました。戻りましょう」友忠が言う。

「花の一輪でも」と源六郎。

「わかった、そうしてくれ」友忠がそう言った。

　花一輪の別れであった。

　ここがあの箕輪城主長野業政の墓であるとは、いったい誰が気付くであろうか。


　友忠らは屋敷に戻り、長野氏業《ながのうじなり》に埋葬の報告をした。

「わかりました。ありがとうございます」氏業はそう答えた。

　それから氏業は重臣らを屋敷に呼んだ。

「急を襲おうというものがいると困りますので、父の死は秋まで隠します」氏業が言うと、

「おう」居並ぶ箕輪の忠義の臣たちが答えた。

　その話し合いの中で氏業は、

「此度《こたび》の越山では小田原《おだわら》を囲みましたが、落とすことはできませんでした。みな父の意志を継ぎたいと思ってくれている。ありがたく思います。しかし、これからもこの城は、武田《たけだ》・北条《ほうじょう》の脅威に曝《さら》されるでしょう。

　私は父に代わりこの箕輪にとって一番よいことを選んでいかなければいけないと感じています。これからも上杉をお支えする。これはよろしいですね？」と尋ねた。

「畏れながら、今の上杉家は大殿が守りたかった上杉家ではございませぬ」源六郎が意見した。すると、

「何を言うおぬし敵方か！」と、矢島久左衛門貞勝《やじまきゅうさえもんさだかつ》が言い、刀の柄に手を掛けた。

「大殿が仕えると言った憲政様は、越後の長尾殿にすべてを譲ってしまわれたのじゃ。そもそも越後の長尾殿が、大殿を小田原へ連れていかなければ、大殿は亡くならなかったんじゃ」源六郎が言った。みな静まり返り声を出せなかった。

　そこに、氏業が口を開き、

「仮に今武田へと舵《かじ》を切れば、武田・北条からの攻撃は止《や》みましょう。ただし、ここが戦の最前となり、領民が危険に曝《さら》され、今まで味方としてきた者たちとの戦いが始

まるでしょう。どちらに進んでも戦は続く。父は私に上杉様をお支えするようにと言い遺《のこ》されました。私はそれに報いたい、そう思っております」城主氏業の言葉は重い。

「そうだ」と居並ぶ将たちが声を上げる。

偉大な父より継いだ重圧を背負いまだ幼き顔つきの残る十四歳の氏業の横顔を間近で見て、守役として箕輪を支えてきた友忠の目にじわりと涙が浮き出る。

と、そこへ門番が馳せ来て、

「若君様、大戸浦野《おおどうらの》のさよ姫様が」と声をかけた。

「姉上様が？」

「大殿を見舞いたいと」

「うむ、そうですか。みな続けてください、少し外します」

広間を出る、夏の日差しと纏《まと》わりつく湿気を感じる。庭の赤松の木陰でさよは佇《たたず》んでいた、蟬《せみ》の声が熱を運ぶ。さよは汗を滲《にじ》ませている。

「姉上様、よくおいでくださいました。お一人でいらしたのですか」

氏業とさよは姉弟といえども、親子ほども歳《とし》が離れている。氏業が生まれた頃にはさよはすでに嫁いでいた。

「いえ、供の者と参りましたが、外で待ってもらっております。父上のご様子は如何《いかが》でしょうか？」

「今は、眠っておられますよ」氏業は顔色を変えずにそう言った。

「そうですか、お顔を拝見したく存じますが、眠っているのでは起こしてしまってはいけませんから、お目覚めまで待たせていただこうかしら」

「いえ、姉上、今日は申し訳ないのですが、お引き取り願えませんか？」

「あら、なぜ？」

「大事な評定を行っており、姉上様のお相手ができませんゆえ、またどうか日を改めて」

「わかりました。そこまで仰《おっ》しゃるのならば仕方ありませんね」

さよは察したのだろう、氏業の手を握り、氏業の瞳を見つめ、

「氏業、何かあればすぐに伝えてくださいね、必ず力になります」と言った。

氏業は実の姉にも、父の遺言どおり、また家臣たちとの約束どおり真実を伝えることをしなかった。

そして、大戸城《おおどじょう》に戻ったさよは、夫である浦野真楽斎《うらのしんらくさい》にありのままを伝えた。

「そうか、会わせていただけなんだか」真楽斎が言う。

「はい」

「そうか、それはあれだな、義親父殿はもう……」

「はい、おそらく……」

浦野家は真田《さなだ》家と同じ〈六連銭〉を家紋とする家であった。業政の去った箕輪城と、これからくる時代の荒波を見据え思案を巡らす若き箕輪城主長野氏業、氏業の箕輪城という大船の船出はそのように幕を開けた。

## (二)　上杉・北条・武田

武田信玄（武田晴信改め）は、川中島《かわなかじま》へ軍を率いているその最中に、小幡憲重《おばたのりしげ》から、長野業政の亡くなったことを聞いた。

「そうか、あの西上野の長野業政、身罷《みまか》ったか。固かった上野の結束もこれで終《しま》いじゃな、はっはっは」信玄は大いによろこんだ。そして、

「これで関東にも安寧が訪れよう。のう、小幡殿」と続けた。

「はっ、もはや厩橋長野は滅び、箕輪長野も大将である業政殿が居なくなったとすれば、結束ももろく崩れ去りましょう。業政殿の跡を継ぐのはまだ年端のいかぬ氏業殿でございますゆえ」憲重が言った。

「うむ、その氏業、力を付ける前に攻め落としてくれよう。その前に、先ずはこの川中島じゃ」

永禄四年（一五六一）八月。越後に戻った上杉政虎《うえすぎまさとら》（長尾景虎《ながおかげとら》改め）を信玄が川中島に引き付けた。

同九月十日。政虎は、信玄の本陣に突っ込んだ。政虎は馬上より太刀を抜き、信玄めがけ打ち下ろす、信玄はそれを軍配で防ぐ。政虎は深追い無用と退《ひ》き返す。そして両者退陣した。後にまで語り継がれる川中島の決戦である。

その一方で、北条氏康《ほうじょううじやす》は、越後勢の去った関東において、三男で滝山城《たきやまじょう》主の北条氏照《ほうじょううじてる》を呼び、

「二十年間、関東の多くの領主は北条こそ関東管領であると従っていたというのに、長尾（上杉政虎）殿を連れ山内（上杉憲政）様が戻られたとたん、みな手のひらを返

し上杉に付いてしまいました。

　さて、氏照。武田家と北条家には同盟があります。まさに今、信玄殿が川中島で越後の長尾勢を引き付けてくださっています。この間に我々がすべきことがわかりますか」となげかけた。

「はい、此度《こたび》上杉に付いたかつての領主たちを北条家に戻すことでございましょうか」

氏照が答える。

「そうです、お前には三田《みた》綱秀《つなひで》殿の城を落として欲しいと思っています」

「城を落とすのでございますか？」

「そうです。仮に降伏を申し出たとしても二度と敵方に味方しないように、城は開け渡していただきましょう。そして降伏しない場合はその首をいただきましょう」

「しかし父上、上杉に寝返ったと言っても一時のことではございませんか。降伏を願い出た者には城は保障し、手出しをせずお味方になさるれば、領主領民もまた北条へ従いましょう」氏照は今まで父氏康に教わり実践してきた、温情をかけ、領民領主を北条のもとに置く方法を踏襲してもよいのではないかと、意見した。

「氏照、私もそう思うて、今まで広い心でそれをしてまいりました。しかし、次に越後の長尾殿に攻め込まれるようなことがあれば、その時は三代続いた北条家の終焉《しゅうえん》となりましょう」氏康は言った。

過日の越山、小田原の城をこれほどに造りこんでおいたから、落城だけは免れたが、いままで温情をかけた領主たちはほとんど敵として氏康の城を囲んでいた。この二十年の私の采配は間違っていた。氏康は深く反省するに至ったのだ。温情などかけたとしても領主たちは付けあがるだけだ、ということがよくわかった。

「この裏切りを許してはおけないのです！　氏照、三田領取った暁《あかつき》にはお前の領地となさい！」氏康が続けた。

「はっ」氏照は応じた。

三田領がよく見渡せる山の頂《いただき》にあるこの辛垣城《からかいじょう》は、細く険しい山道を行く。城に辿《たど》り着くのも一苦労である。籠城すれば落とすことは難しい。氏照勢に攻められた綱秀はここに籠り、かつて里見義堯《さとみよしたか》がやったように、使者を飛ばし、上杉政虎の援軍の要請をしようとした。

（三月《みつき》は籠城できるはず……）綱秀は考えた、そしてその間に助けが来ることを望んだ。

しかし、事は存外早く決することとなる。風の強い日であった。数日前から晴れが続き乾いていた城の内部の食糧備蓄庫から火の手が上がった。

氏照は調略で三田家中の塚田又八《つかだまたはち》を寝返らせ、その者に城内より火を掛けさせたのであった。火の粉があちこちへと飛び、火を消すのに十分な水が足りず、火は風にあおられ勢いを増していた。

火が迫っている、

「もうここにいられんな……。岩付、太田殿のところへ」綱秀は一縷《いちる》の望みをつないで、火に巻かれる城を何とか脱出した。

## ㈢　意　地

三田綱秀が岩付へ向かう道中は静かなものであった。一晩中歩ききり、岩付領に辿《たどり》着く頃には、日は昇りきり昼へ差しかかる頃だった。岩付で綱秀を迎えたのは、太田資正《おおたすけまさ》の嫡男の氏資《うじすけ》であった。

「三田殿、ここまでよくぞおいでくださいました」氏資がそう歓迎し、綱秀にねぎらいの言葉をかけた。

　綱秀は、まずいと思った。綱秀は氏資が父資正とは反対に、北条を支援しているのを知っていたからだ。

「さて、三田殿、ここから先をお通りになりたいのであれば、先ずは北条氏照様に降伏し、助命を願い出ていただくより他ありません。私が取り次ぎましょう。どうかそのように」氏資がそう言った。

　そのようなことをしたければ、ここまで逃げてきた意味はない。

「資正殿に話を繋《つな》いでいただきたい」と綱秀は言った。

「できません。父も私と同じ意見でございます」氏資は言いきった。

　それはおそらく嘘《うそ》であろう。

「氏資殿、どうか資正殿に会わせてはいただけないか」と綱秀が懇願する。

　氏資は気持ちが揺らいだのだろう、家臣の恒岡越後守《つねおかえちごのかみ》に視線を送る。恒岡越後守はいけませんというように首を横に振る。

　氏資は勇気を得て、

「父は、この件を私に一任致しました、父に会わせることはできません」と言いきった。

岩付城内部には、北条派の家臣も多くいるのだ、そしてその家臣の頂《いただき》に据えられるのが氏資なのである。どうやら綱秀の賭けは失敗に終わったようだ。

「ほう、然様《さよう》か、北条家には確かに世話にもなった。しかし、わしには再びお戻りになった上杉家に寝返った意地がある」綱秀はそこまで言うと、刀の柄に手をかけた。

氏資を守ろうと、控えていた家臣たちが抜刀し、氏資の前へ出た。

「よいか、上杉家は再び関東を統治する」綱秀はそう言って、氏資と家臣を見渡した。

両者の間に緊張が走る。

「関東統治の続きは、おぬしの父、資正殿にお托《たく》し申す。氏資殿そう父君に伝えよ」

綱秀は言った。

そして、

「北条氏照殿への手土産とするがよい」綱秀はそう言って、刀を抜きの刃を自らの頸《くび》に添わせ一気に引ききった。肉は深く裂かれ血しぶきが踊った。

氏資は返り血を浴びながら、

「なぜだ、父上の上杉狂いも大概だが、三田殿も、どうかしている」と言った。

わからない、本当の親は北条であろうに。父上も、三田殿も上杉に惑わされている。

資正はその報を聞き、

「先を越されたか。三田殿……無念である」と嘆いた。


箕輪城。

長野氏業の耳にもその一件は届いた。

「なんですって。三田家が北条に滅ぼされたと？　鎌倉幕府の時より続く三田家をそのように扱うとは」氏業は憤りそう言った。

「北条も上杉政虎様の力に恐れをなしているのでございましょう」藤井友忠が言い添えた。

「その焦りが、三田を潰したのですね」

「はい、それに三田潰しの後、武蔵国忍城主《むさしのくにおしじょうしゅ》成田長泰《なりたながやす》殿、下総国小金城主《しもうさのくにこがねじょうしゅ》高城胤吉《たかぎたねよし》殿、下野国唐沢山城主《しもつけのくにからさわやまじょうしゅ》佐野昌綱《さのまさつな》殿ら一斉に小田原に参じ、上杉を離れた模様でございます」

「そんな、馬鹿な。まだ共に小田原を囲んで半年も経《た》っていないではないですか！」

「はい、しかし、北条には武田今川との同盟がございます。此度《こたび》の三田攻めも、武田が上杉を信濃国に引き付けている間に起こったことにございます」

「同盟にそんなに力があるのか。ああ私に父上のような力があったなら、みなを上杉に引き留めることができたでしょうに、力が欲しいものです」氏業は自らの非力を嘆く。しかし嘆いてばかりもいられない、この上野で、上杉・北条・武田の立てる大波のなか、箕輪という船をどう進めるのか、判断を誤れば転覆である。

## ㈣　犬のこと

永禄四年（一五六一）十月五日。武蔵国松山城。

三田家を滅ぼした北条勢は、その矛先を扇谷上杉家の本拠地松山城に定め、厳重に囲んでいた。城を守るのは太田資正が見つけ出し、新たな扇谷上杉家の当主になった、上杉憲勝である。

「憲勝様、北条の軍勢に囲まれました」比企政員《ひきまさかず》が駆けて来て言った。

「何！　如何《いかが》致そうか、そうだ、とりあえず岩付に援軍の依頼だ」

「承知つかまつりました」政員は城を抜けようとした。ところが、大勢の北条勢に囲まれ、逃げるように憲勝の元に戻って来た。

「どうした！」

「だめです、囲みが固すぎて突破できません」

「何。そうか……」

その時政員の脳裏に、太田資正との会話が想起された。

『よいか、もし何かあれば、この犬たちを走らせるとよい、松山で放てば岩付へ、岩付で放てば、松山に駆けるよう躾《しつ》けてあるぞ』

あの時は、「ご冗談を」と取り合わなかったが……。

「何？　犬を走らせる？」政員からの策を聞き、憲勝がそう言った。

「然様《さよう》にございまする。わが主かように言っておったのを思い出し申した」と政員。

「上手《うま》くいこうか？」

そこへ、

「父上」憲勝の娘が入って来た。

「私が世話をしているクロをお使いください。クロは岩付までの道を知っております」

「ううむ、そうか」

籠城の松山勢は、一か八かの賭に出た。政員は、松山城で飼育している犬の三匹の首に手紙を結わえ放った。三匹は鳴き声の一つも立てずに何食わぬ顔で柵の隙間を縫って通り、敵兵が見えなくなった頃尻尾《しっぽ》をふりながらうれしそうに走り出した。

走るのを止めずぐんぐんと速度を増し、岩付を目指していく。

「頼んだぞ」憲勝は祈るような思いでそう言った。松山城の運命はこの犬たちが握ることになる。

翌日。こちらは松山城をぐるりと囲む北条勢の本陣である。

「河越夜戦で滅んだはずの扇谷様、河越の時とは逆に、我らによって固く囲まれお困りのようですね。さてさてどうでますか？」まさか、三匹の犬が援軍を呼びに行っているなど露とも知らぬ北条氏康は余裕綽々《よゆうしゃくしゃく》、そう発した。

城内には、岩付の兵の半分と、城下から焼きだされ避難した村人も籠城していた。

「にわかに奥州より湧き出た扇谷様の芽。育たぬ内に摘み取ってしまいましょう」氏康が言い、軍配を振るった。合図を受けて、攻撃開始の法螺《ほら》が鳴り、陣太鼓が打ち鳴らされた。

　と、次の時。遠くから、犬たちの咆哮《ほうこう》が聞こえ、それに応じるように、城の中からも犬たちが吠《ほ》え始める。

「殿！　岩付からの援軍が到着した模様です！」

「随分早いな！」氏康は、援軍の状況を見聞しようと目を凝らす。

　そこには、遠く岩付太田資正の軍勢と思われる大軍が見えた。

「ん？」軍勢の先頭になにやら背の低い、人ではない、

「……犬か？」そう、軍勢の先頭は犬たちであった。

　すごい剣幕《けんまく》で吠《ほ》え北条軍に向かって来る。けたたましい犬たちの行軍に、北条勢はたじろいだ。

「ようわからんが、ひとまず、退《ひ》けぇえ、退《ひ》けぇえ」状況もわからぬまま氏康はそう号令した。退きの太鼓が打ち鳴らされる、太鼓の音に応じてまた犬が城内、城外からけたたましく吠える。

　そして、北条勢は、小田原へと帰って行った。

「見事だ！　かように上手《うま》く運ぶとは」資正は声を弾ませた。

長年温めていた秘策を遂《つい》に繰りだし大いに満足そうであった。

当時の人々もこの奇策には度肝を抜かれたことであろう。

これが後の世に、〈三楽犬の入れ替え〉と語り継がれていくことになる犬のことである。

## ㈤　上野侵攻

背後に控える要害山城《ようがいさんじょう》の山肌の燃えるように見事な紅葉も葉を散らしだした、屋敷の庭に落ち葉が舞い、しかしそれも程なく掃き清められる、ここは甲斐国躑躅ヶ崎《かいのくにつつじがさき》館《やかた》。

「どうじゃ、箕輪（長野業政）もお隠れになった。そろそろおぬしらに本来の城を取り戻してもらう頃合いかと思うておる。待たせて悪かった」武田信玄が、小幡憲重・信実《のぶざね》父子を呼んでそう言った。

憲重は恭《うやうや》しく、頭《こうべ》を垂れた。信実もまた頭を垂れたが、ようやく上野へ戻ることができるのだと思うとうれしくて飛び跳ねそうな心持ちであった。

「ところで今国峰城《くにみねじょう》におる小幡図書介《おばたずしょのすけ》殿とは、どのようなお方であろうかな？」信玄が言った。

「はっ、勇はありまするが、急な事への対処は苦手であります」憲重が言った。

「そうであるか、調略では落とせぬか？」

「調略でも落とせはしましょうが、城を急に囲まれれば、怖《お》じ気付《けづ》いて逃げましょう」

「逃げ出すか。はっはっは。自分の城であるのだから、正々堂々正面から突破じゃの。では一気呵成《いっきかせい》、大人数で囲ってしまおうか。よし」と言って、信玄は同席していた内藤昌秀《ないとうまさひで》も交え策を授けた。

「おぬしらこの内藤と共に上野へ行き、国峰城を取り戻すがよいぞ」と信玄。

「は、ありがたきお言葉」憲重が言った。

「北条殿にも話してある。越後の長尾（上杉政虎）も、この武田と北条が力を合わせたらひとたまりもないじゃろう。まあしかし、準備をぬかるでないぞ」

「はっ」小幡父子と昌秀は声を揃《そろ》えてそう言った。

屋敷を出ると、

「父上、いよいよでございますね！」と信実が殊の外うれしそうにそう言った。

「八年、八年じゃな。甲府での生活は決して悪いものではなかった、この根無し草のような我らを御屋形様は目を掛けて城下に寄せてくださった」憲重が言った。

「はい、しかし小幡谷に戻ることは叶《かな》いませんでした」

「そうじゃ、御屋形様も長野業政殿がこの世を去るまで動こうとなされなかった」

「そうですね。義父上様はそれだけ脅威であったのでしょう」

「そうじゃ。まさかその長野殿が逝くとはのう。国峰城を取られた怨《うら》みはあるが、もはや死んでしもうた。怨む手段もなくなったの。

　今、箕輪の若君を真田殿や浦野殿がお誘いしておるが、こちらに靡《なび》いてくれればこんな幸いなことはないな」

「はい、氏業様ははつの弟君でございますゆえ。戦いたくはございませんね」

「そうだ、長野殿が身罷《みまか》られたとはいえ、長野殿が鍛えた箕輪の騎馬が機能を失ったわけではない、戦わずして同心になれれば越したことはないがのう」

「はい、箕輪の若君にもぜひ甲府の地を踏んでいただきたいものです。共に躑躅ヶ崎館に列席できるならばそんなよいことはありません」

「そうであるな」憲重が言った。

憲重は業政のしたことを怨《うら》んではいた。しかし平井城では上杉憲政のもと、互いにこの国をよい国にしようと力を合わせてきたのだ。

（先に鞍替《くらが》えしたのはわしじゃ。長野殿こそ、わしを怨んでおろう）そんなことすら考えていた。

## ㈥　火とぼし

馬の背に乗った赤備えの武者が余地峠《よじとうげ》を行く、そしてその赤備えの後ろには、武田四天王と呼び声の高い内藤昌秀の隊が続いた。

この峠を越えればそこは上野国である。

ここを守るのは、砥沢《とざわ》城主《じょうしゅ》市川《いちかわ》重久《しげひさ》ら、南牧衆《なんもくしゅう》である。

余地峠から南牧に通じる関所の見張番が小幡の赤備え隊を認め、

「小幡様のお戻りだ！」と声を上げた。

伝令役が領主である重久のもとに馬を走らせた。

刻は夕刻となっていた。

見張番は関所の扉を開け放ち、

「小幡様どうぞ、お通りください」と言った。

そこには、村の者が総出で出揃っているのではないかというほど人があふれていた。そしてその者たちは、手に手に松明を持っていた。大勢の松明に迎えられ関所は昼間のように明るくなった。

そこへ領主重久、馬を走らせやって来た。松明を掻《か》き分け、憲重、信実父子の前に歩み出た。

「小幡様！　ようお戻りになられました！　みな小幡様のお帰りをお待ちしておりました」と深々頭をさげ丁寧に出迎えた。

「うむ、待たせたの、変わりはないか？」憲重が言った。

「はい」と重久は言ったが、そのすぐ後、「あ、いえ」と返事を覆した。

「どうした？」憲重が問う。

「みな、上杉の圧政に困り果てております」

それもその筈《はず》、上杉勢はこの間の大遠征（しかも、成果は何もない）から立ち直れてはいなかった。軍事費がかさむ、そのしわ寄せが南牧にも押し寄せていた。

力の無い重久ら南牧衆は、武田にも、上杉にも属することで息を繋《つな》いでいた。

「このままでは、わしらは飢えて死んでしまう」村人の一人が言った。

「どうした？」憲重が聞いた。

「すべて、米をもっていかれた」と村人が言った。

「越後勢に食わせてやる米だと言って持っていきおった」別の村人も言った。

「早よう、南牧を武田だけの領地にしてください」また別の村人も言った。

「小幡様我々を守ってください」村人たちが声を合わせてそう言った。

「小幡様、すみません、ご到着になられたばかりだというのに」領主の重久が言った。

「いや、そんな状況だったとはな……」憲重が言った。

「少し、よいか？」憲重が重久に言った。

「はい」

憲重はみなの方を向き、

「みなの思い、よくわかった。この武田家家臣、小幡憲重尽力致すぞ！」とよく通る声で言った。

「私も」信実が言った。

「私も」昌秀もそれに続いた。

それを聞いた村人たちのよろこびようといったらなかった。

中にはうれしさのあまりか、紐《ひも》をかけたわら束に火を付けてそれを回しだす者まであった。

「何をしておるのじゃ」憲重が聞いた。

「小幡様～！　ご加勢致します！」その村人はぐるぐるとわらを回しながら言った。

「はっはっは」憲重は笑った。

憲重・信実は胸の高鳴る思いであった。民を守り善政を敷くのは我らである、そんな思いが二人の胸に湧きあがった。

回されたわらは夜の帳《とばり》の降りた南牧できれいに円を描き、火の玉のようにも見え、みなの魂に火を付けた。

余談であるが、この麦わらへの火つけが、四百五十年後の今まで年中行事として引き継がれている。それを〈火とぼし〉という。

## ㈦ 小幡

夜の国峰城を武田勢がぐるりと取り囲む、その手には松明《たいまつ》が握られ、また小荷駄の牛の角にも松明をくくり、城内から見れば、その数は本来の数の倍に見えた筈《はず》である。勝鬨《かちどき》が上がる、敵は城の正面を囲む、その声は小幡谷の地や山を揺らすが如《ごと》きであった。国峰城内にいた小幡図書介景純は、武田勢の来襲にどうすることもできなかった。

国峰の狼煙台《のろしだい》に薪《まき》をくべ事態の急を知らせた。火が焚《た》かれると白い煙が勢いよく立ち昇った。狼煙は、一郷山《いちごうやま》を介して、瞬く間に箕輪へと届いた。景純のできたことといえばそれくらいであった。

箕輪城。

カンカンカン。夜を裂いて物見の鐘が打ち鳴らされた。床に就いていた城主長野氏業は跳ね起きて、玉木曲輪《たまきくるわ》の物見台まで急いだ、物見台に登り上げる。

「殿、あれを」見張りの兵が言った。兵の指差した方を見ると、

　夜空に真白な煙が一筋勢いよく立っていた。

「あれは、救援の狼煙《のろし》ですね。国峰城、小幡殿のところでしょう、武田勢が動きを見せたのですね」氏業が言う。

　じきに藤井友忠も馳せ来て、

「殿、如何《いかが》なされますか？」と氏業に尋ねた。

「図書介殿、見殺しにはできない。兵に支度をさせ次の指示を待たせてください！　じき湛光風車《たんこうふうしゃ》殿もお見えになりましょう」

　戦で肝要なのは状況を見誤らないことだ。まず敵を知り、その動きを考える。そうこう言っている間に、

「参じましてございます」闇の中から湛光風車が現れた。

「して、状況は如何でしょう」氏業が尋ねる。

「先頭は言わずもがな小幡憲重・信実隊。それから、内藤昌秀隊・小荷駄隊と続きまして、手にはみな松明《たいまつ》を二つ、小荷駄の牛の角にまで松明を結わえ、鬨《とき》の声、一気呵成《いっきかせい》にえいえいおうでございますよ。まるで、夜に生じた松明の海でございます」

「それで図書介殿は」

「図書介殿宝積寺《ほうしゃくじ》まで逃げ、そこを家臣に守らせて宝積寺より、供数人と逃げ延びた模様」

「この短時間でそんなことまでわかるのですか？」氏業は感心した。

　父が日ノ本一の乱派大将と彼を呼んでいたのも、頷《うなず》ける。

「はい、仲間の一人が、図書殿のところにおりますゆえ」

「そうか、ではもう国峰は」

「はい、小幡憲重殿の手に渡り申した。勝手知ったる我が城、敵はこれまた性格まで熟知した実の子である。としても、さすが小幡憲重殿でございます」

「ごほん、憲重殿は敵であるぞ」友忠が諫《いさ》めた。

「おっと、これは口が滑りました。では」そう言って湛光風車は再び闇に消えた。

「藤井殿、出陣は取りやめにしましょう」氏業はそう下知した。

「はっ、賢明なご判断かと存じます」

　父であれば、この国峰をいかに守っただろうか。氏業は自分の力の無さを改めて思い知る。

宝積寺まで逃げ延びた景純もまた、義父長野業政が存命であったら、この事態いかに切り抜けなさっただろうか、と同じく自分の力不足を悔いた。

一方、攻め方の憲重・信実父子。松明を手に国峰城追手門を打ち破り、内へと入る。

「憲重様」国峰城の中では、かつて憲重・信実父子に仕えていた家臣が、よろこびともとれる声色でそう言った。

「うむ、久しいの」憲重は静かにそう言った。

「憲重様、図書様お逃げになりました」

「うむ、そうかやはり逃げたか」憲重は、景純が逃げたという宝積寺の方を見て言った。

いや、逃したといった方が正確かもしれない。大勢で城の正面を囲み、わざと裏手には人を付けなかった。せめて、どこか遠くへ逃げて生きて欲しいと考えたからだ。

「おぬしたちはどうする？」

「主がおらねば戦う理由もございません」

「再びわしを主にするつもりはあるか？」

城内の兵らは互いに顔を見合わせる。

「今までのことは水に流そうぞ」

「……殿、誠でございますか」

「また、わしらに付き合ってくれ」

城兵たちは安堵《あんど》の表情を浮かべ、かつての城主の帰還をよろこんだ。

こうして、憲重・信実父子は国峰城に帰還を果たした。もちろん、信実の妻はつも一緒の帰城である。


はつは、妹と景純の無事を祈った。そして、死に目に立ち会えなかった実父業政に心の中で、父の思いに反し、武田に仕え、武田の兵を借りて城に戻ってしまったことを詫《わ》びた。しかし、父上ならばきっとわかってくださるはず……。はつはそう思い直した。


そして時期を同じくして、氏業は父業政の死去を広く知らせ、箕輪の領主を氏業が継いだことを宣言した。

永禄四年（一五六一）十一月二十二日のことであった。

## ㈧　鷹　留

永禄五年（一五六二）五月。

真綿に包まれたのではないかというほど深い霧が立ち込めた。ここは室田《むろだ》領鷹留城《たかとめじょう》である。鷹留城と箕輪城は同じ長野一族の城であり、兄弟城とも、別城一郭とも呼ばれるほど関係の深い城であった。

「ああ、なんと深い霧であろうか。天は我らに力を添えてくださっておる」霧に包まれた鷹留城の御殿の内で城主長野業通《ながのなりみち》はそう呟《つぶや》いた。

敵はかつての仲間であり縁戚でもある浦野真楽斎である。そこに真田幸隆、小幡憲重、信実父子が援軍を出す。

箕輪城。

長野氏業のもとに湛光風車から一報が届く、

「殿、浦野殿が室田領に向け侵攻を開始した模様でござる」

「そうですか、浦野殿旗色を示しましたね」氏業は驚かなかった。

「それで鷹留城は」氏業は続けた。

「はい、武具など揃《そろ》え、烏川《からすがわ》で迎え撃とうと備えをしております」

「わかりました。箕輪からも援軍を向かわせなければなりませんね」

と、そこへ鷹留城の城兵が駆け込んで来た。切らした息をそのままに、

「氏業様、どうぞ鷹留に援軍をお願い申し上げます！」悲痛な叫びにも似ていた。

氏業は頷《うなず》き、

「承知致した、兵を向かわす」と約束した。

「ありがとうございます。どうかお早く」

「相わかった。すぐ支度にかかろう。青柳殿」氏業が家臣の青柳忠家《あおやぎただいえ》の方を見て言った。

忠家が、

「はっ」と答え、

「鷹留へのご援軍でございますな、承知致した」と続けた。

「うむ、私も参りましょう」と氏業が言うと、

「いけません、殿！　浦野殿だけではございません。かつての同胞たちはみな、敵となりました。この隙をついて敵が箕輪へも攻め寄せるかもしれませぬ」藤井友忠がそ

う言い、氏業を引き留めた。

氏業はそれを受け入れ忠家へ、

「そなたを大将とし、鷹留の援軍を命ず」と言った。

「おう」忠家は答えた。

箕輪の兵たちは急ぎ室田へと駆けつけ川を挟んで敵と対峙《たいじ》する。

深い霧が相手の正体を隠している。次第にその帳《とばり》が上がり、視界が明るくなってくる。

染め抜かれた〈六連銭〉の旗印のもと、忠家の正面に幸隆が現れた。

忠家は、

「幸隆殿！　よくぞこの場に帰ってこられましたな。大殿への恩義をお忘れになられましたか！」声を張る。

幸隆もまた声を張り、

「とんでもない。ご恩を忘れたことはございませぬぞ！」と飄々《ひょうひょう》と言ってのける。

「なんとたわけたことを。その戦支度はなんじゃ」

「こちらとて、好きで戦をするわけではございませんぞ！」

「なんというもの言いの武者であろうぞ。私がお相手つかまつろうぞ。鷹留を渡すわけにはいきませんぞ！　掛かれっ‼」

忠家の号令で、開戦の陣太鼓が響く。進め進めの合図であった。青柳忠家隊は川の流れに接するところまで進み出る。

次に忠家の前に出て来たのは、小幡信実であった。

「武田に逃げ延びたはずの小幡殿ではありませぬか！　小幡殿今度は然《しか》りと城の留守を頼んでまいったか。はつ姫様は山内上杉様の与力の長野の姫様じゃ。姫様を返さぬと言うのであれば、小幡殿今からでも遅くはないぞ、箕輪の若殿に詫《わ》びられよ」

そう言いながら、槍《やり》を回し小幡隊に駆け込んでいった。

「そうじゃ、そうじゃ。わしらの大事な姫様を返せ」そう口を添えたのは、箕輪の老兵で安藤《あんどう》という武者であった。老い先は短い、力に不足はあろうが、惜しい命はないとこの合戦に名乗りを挙げたのである。

鷹留城は、城内で浦野真楽斎の誘いに乗り、敵方に寝返った兵が水の手を断ったのち、真楽斎によって火を掛けられた。真楽斎は鷹留に籠城の者ども八十人余りを討ち取る。

　焼け落ちる城内の炎に包まれながら、城主業通、

「悔しきことじゃ、氏業殿。この無念必ずや晴らしてくれ」そう言い遺《のこ》し城と共に滅した。

## ㈨　姫たち

　鷹留城を落とすと、武田勢は引き上げた。城は全て焼け落ち領内からは人が消えた。箕輪城、持仏堂にて長野氏業は室田領で死んだ仲間たちへむけ読経を行っていた。そこへ、

「氏業様。浦野様のところからさよ姫様が参りましてございます」と門番から声がかかった。

「姉上が？」氏業は庭に出ていく。

　氏業はさよを認め、

「姉上！」と声をかけた。さよは目深に被《かぶ》った笠《かさ》をとり、

「氏業どうか聞いてちょうだい。私は浦野の妻として申しますが、長野家とは戦いたくありません」

「姉上、鷹留をあんな目に合わせておきながら、長野家とは戦いたくないと仰《おっ》しゃいますか」

「はい、武田の本陣が動くの。氏業、いくら箕輪の勇猛な兵たちだとしても、これを退けられはしないでしょう。その前に、どうぞ仲間になって欲しいの」

　氏業は始め、さよは浦野家に絶縁をして箕輪に戻ろうとして来たのかもしれないと期待をした。しかし、

「姉上、仲間というのは、武田に降《くだ》れとそういうことですか？　それで仲間になった証《あかし》にかつての仲間に牙を向けるよう命じられる」

「……。そうよ、箕輪と戦いたくない……お願い、考えて欲しいの」さよは浦野の妻として共に武田に与《くみ》しようと誘いをしに来たのであった。氏業は裏切られたような気持ちさえした。

「考える余地はありません、申し訳ありませんが姉上、ここは姉上にとって敵地でご

ざいます。危険極まりない場所です。早々にお帰りください」氏業の発する声に怒りの色が見えた。

さよはそれ以上は何も言えなくなり、氏業に背を向け帰路を急いだ。一昨年、赤石陣上杉憲政のもとに箕輪衆として共に名を連ねた浦野家であったが、長野業政が亡くなったのを知ると武田へ手のひらを返した。

氏業は、今までになく武田信玄を憎いと思った。


業政の五女であるさよと、氏業のやり取りがあった同じ頃、業政長女のはつは、小幡領内に仮の屋敷をもらった木部《きべ》範虎《のりとら》室であり、業政四女のゆりと会っていた。

「聞きましたか？　和田様も先般武田方への忠心をお示しになられたそうです」はつがゆりに言った。

和田といえば、のちに高崎と呼ばれるその地であり、ここにも業政六女が嫁いでいた。鷹留城の落城を聞いて武田に付くことを決めたようだ。

「私たち近いうち、きっとまた一つになれますね」はつが言ったが、ゆりにとってはなぐさめにもならなかった。

「武田のもとで、一つにでございますか？　姉上、私はできうるならば、今すぐにでも箕輪に帰って、箕輪のために戦いたいのです」ゆりが言った。

　武田に与《くみ》することは、ゆりにとってうれしいことではないとわかったはつは、

「あ、私ゆりの気持ちをわかっていなかったみたいね、ごめんなさい」と伝えた。

「いいえ、姉上、もし私が男ならば箕輪のために戦いもしたでしょうけれど、私は女。

　箕輪へ帰ってもおじゃまになるだけなのは目に見えております。離縁を言い渡されないだけありがたいと思わなければいけません」

　ゆりだってわかっているのだ、今はいくら箕輪のために、と思ったところで、この場で気持ちを押し殺して過ごすしかないことを。

「今が耐える時よ。私たちまた元どおり手を取り合えるわ」はつは言った。

（でも、父上の望みは上杉家を支えることであったはずよ、お姉様）ゆりはその言葉を胸に留《とど》めた。

　はつは、ゆりの手を握り、

「大丈夫。父上だって、きっとわかってくださるわ」そう言った。

　平行線だ。ゆりは長野家の姫として業政の言葉を守り、上杉家に仕える道を選びた

いのだ。一方のはつは、どうやらとっくの昔に小幡家の人になってしまったようだ。

## ㈩　武州松山合戦

太田資正は、全ての軍事費をつぎ込んで鉄炮《てっぽう》の導入を進めた。

「憲勝様、関東の城でも二百挺《ちょう》もの鉄炮部隊を持っているのは、この松山城のみでございましょう！」資正にやりと笑う。

「そうか、そしてこの伝令犬、この犬たちがいれば松山城は岩付城と一体でありますね」

憲勝が言った。

「いえ、いくら我が伝令犬が優秀といえども、北条も二度は同じ手にかからないでしょう。そこで、憲勝様、輝虎《てるとら》（上杉政虎改め）殿がお身内を厩橋城にお入れくださいと言うております」

「上杉輝虎殿か」

「然様《さよう》にございます。厩橋にお身内をお入れになられたら、輝虎殿は心置きなく松山城をお助けくださいましょう」

「うむ」

憲勝には名門扇谷上杉家の血を継いでゆく者としての誇りがあった。山内上杉家と扇谷上杉家は互いに支え合うようにあるべきであるのに、一方的に人質を取るこの話をすんなり受け入れることはできないと感じていた。

「身内といってもな……」憲勝は娘の方へ視線をやった。

資正はすかさず、

「それに厩橋は守りも固く、戦線からも内側にあり、ここよりも安全と言えましょう」

姫はそんな父の様子を察したのだろう、

「父上、私が厩橋へ参ります。これも世の倣《なら》いでございます」と言った。

姫が無事に厩橋に入り、暫《しばら》くたった永禄五年（一五六二）冬。

北条氏康は同盟相手である武田信玄を呼びよせ、連合軍にて松山城を囲んだ。松山城の鉄炮隊の活躍は目覚ましいものであった。城内に入ろうとする敵兵をおもしろいように撃ち落とすし、武田北条連合軍に大きな損害を与えた。しかし、連合軍は退くことはなく、城を囲み続けた。手紙を結わえて放った犬も一匹も戻りはしなかった。

弾にも限りがある。

外部からの情報が一切入らない憲勝は、日に日に不安ばかりが重なって行く。銃弾が遂《つい》に底を突き、憲勝は武田の口車に乗《の》り、武田・北条両者の前に屈する。

松山城が落ち、人質である姫は、上杉輝虎の御前へと出された。

「大事な姫を厩橋に置き、そなたの父は降伏したそうだ」輝虎は姫にそう言った。引き出された姫に成す術《すべ》はない。

「なぜ我らが助けに来るのがわかっていながら、城を開けたのだ。さあ、美濃守（太田資正）、これがおぬしの主、扇谷家の本当の終焉《しゅうえん》だ。美濃守、扇谷家再興に執着し過ぎたようじゃの」輝虎は床几《しょうぎ》より立ち上がり、床に平伏している資正に歩み寄り、扇で顎を押し上げる、輝虎は鋭い視線で資正を見据えた。

資正は、一度輝虎と対峙《たいじ》し、そして視線を床に落とした。無言である。

「これからはこの関東管領山内上杉輝虎に尽くせ、わかったか」輝虎は資正の耳元でそう告げた。輝虎の鋭い視線が資正に纏《まと》わりつくように注がれた。

資正は、輝虎の視線をかいくぐり、顎に当てられた扇を振りほどき、また平伏し、

「こちらは、憲勝様の娘の藤鶴《ふじつる》姫でございます。人質として預かっておりました。輝虎様の思うように」と淡々と輝虎に告げたのだった。

その一部始終を、見せられた扇谷上杉憲勝の娘藤鶴は、立ちすくみ震えが止まらなかった。

「大切な松山城を敵に渡して逃げ出すような扇谷様の子だ。使い物にはならんだろう、逃がしてしまえ」輝虎は姫の命を奪いはしなかった。

今すぐにでも輝虎に殺されるのだと震えていた藤鶴は安堵《あんど》とともに床にへたりこんだ。

## (十一)　婚礼

箕輪城である。

「ああ、この姿を大殿が見たらさぞお喜びになりましたでしょう。大殿の代わりにこの私が若様の御婚礼を見守りましょうぞ！」藤井友忠が目を潤ませて言った。

「器量も良ければお家柄も申し分ない最高の姫様だ」席を隣にしていた下田正勝もそ

う言った。そして、

「太田殿がお計らいになったそうじゃないか」と尋ねた。

「そうだ、あの松山城での合戦。輝虎様が、松山城と目と鼻の先の距離まで救援に来ていたところ、憲勝様が城を開いてしまった。輝虎様は、どうして後一日待てずに城を開いたのかと太田殿に激昂《げきこう》したそうだ。それで太田殿は、厩橋に人質として置いておいた憲勝様の姫君をいか様にでもと差し出したそうだ。しかし、怯《おび》える姫君を見て、輝虎様は太刀を振るうことはなさらなかった。それから憲勝様は行方知れず、松山城も北条に取られたとなれば、もはや姫君を厩橋に置く意味もないと申された」と友忠。

「そうか、それで、太田殿が我が殿を厩橋まで呼んだのか」正勝が言った。

「姫君は殿のお顔を見ると感極まって涙を流されたそうだ。そして殿はそのまま姫君を抱きしめられ、労をねぎらわれた」

「ほ、ほう、なるほど。ということは、二人は既に知り合っていたということか」

「そうじゃ、あの小田原攻めの時に松山城で出逢《であ》っておいでだった。それだけじゃない、亡き大殿も、藤鶴姫様のことは大層気に入られたご様子だったと」

「そうか、それならば尚《なお》めでたい」正勝もここぞとばかりに目じりを下げた。

　箕輪城の大広間に高畳が敷かれ、婚礼の衣装を着せられ、みなを眺める若き城主氏業と、その隣で恥ずかしそうにうつむいている姫君。誰が見ても似合いの二人と見受けられた。婚礼の儀は粛々と執り行われていく、この極まった戦乱の世の中にあり、二人の人生の殊最良の日であることは間違いない。儀式が終わると、

「ともに箕輪をよくしていこう」と氏業が言い、

「はい」と藤鶴姫が頷《うなず》いた。

　そして二人はみなを見渡した。

　今の幸せを噛《かみ》しめているこの二人に残された時間はそう長くはない。

# 八秋扇

## ㈠　制札

つい一年前まで、ここに城があり人々の営みがあったとは誰も思わないであろう。城は焼かれ、炭になった柱が空しく横たわる。城下の家々は、ところどころ板壁は剝《は》がれ、屋根が落ち、扉は開け放たれている、物取りの仕業であろう。

人が住んでいる気配はない。それほど室田《むろだ》領内は荒れ果てていた。そんななか、長年寺《ちょうねんじ》の僧、受連《じゅれん》は人気のないこの村に残り、一人寺を守っていた。

「今さら、この村を襲おうったって取《と》れるものは何もない。城も落ち城下も廃墟《はいきょ》となってしまった。狙われるのならば、この寺くらいしかないじゃろな」受連は誰に言うでもなく一人呟《つぶや》いた。ここ一年話し相手のいない受連は独り言が増えた。自分でも笑ってしまう。

「さあさあ、あそこにしまってあったかな」受連は床の間の軸の裏に隠してあった金をとり出す。

「うむ、取られていないな」

永禄六年（一五六三）二月五日。（注二）

受連は、いよいよ武田信玄《たけだしんげん》が箕輪《みのわ》を襲うという噂《うわさ》を信じ、寺の無事を確保すべく、朝早く敵陣となった木部《きべ》の地へ向かった。

木部に着いたのは昼頃であった。そして高い金を払って寺に乱暴狼藉《ろうぜき》をなさないと書かれた制札を手に入れたのである。

「まあ、何も無いよりはましであろう」受連が言った。

この制札の掲げてある場所は侵してはならないという約束になっている。

「もうし、長年寺の受連様ではございませんか？」背後より声がかかった。

受連はその声に聞き覚えがあった。振り返るととても痩せて色白の、いや青白いと言った方がよいであろうか、女が立っていた。

「はい。……ゆり姫様でございますか？」と返答した。

声はゆりのものであるからそう確信したのであるが、その姿はすっかり細く弱々しくなり、声を聞かねばゆりだと気付けなかったかもしれない。

「驚きました。受連様なぜこちらにいらっしゃるのですか？」細い身体の割にしっかりと声が響き、それが、妙に不自然でもある。

「制札をいただきに参りました。ゆり姫様こそどうしてこちらに？　範虎様と共に小幡谷に移られたとお聞きしておりましたが」

「どうしてと言われましても、ここが木部の館でございますから、当然でございましょう?」ゆりは、何を言っているのとでも言いたげにそう答えた、そして、

「室田は悲惨なことになったのだと、聞いております。受連様、よく寺を守ってくださいました。室田長野家の弔い礼を申します。どうぞこれからも寺を守り、室田長野といわず、多くの方を彼岸へとお渡しください。これから、箕輪の者も多く死にましょう。その時はどうぞよろしくお願いします」と続けた。

(何やら物騒な物言いである、姫様もこの続く戦に気がふれられたか?)受連はそう思いゆりの方を見ると、ゆりの姿は既に消えていた。

　受連は目をこする。まだお天道様があんなに高くにいるというのに、あやかしでも見たのだろうか。


　この頃のゆりは、ひどくやつれ、床に臥《ふ》せるようになっていた。受連がゆりに会ったと同時刻、ゆりは小幡領内の屋敷で臥せっていたのである。目を閉じていたゆりがふと目を開ける、そばには夫である木部範虎《きべのりとら》がいた。

「よかった、目を覚ましたか」範虎は心配そうにそう声をかけた。

「長年寺の受連様にお会いしました」とゆり。

「そうか、夢でも見ていたのか？」

「はい、夢の中で」

「それで、私、受連様にお願いして箕輪に連れて帰ってもらうお約束をしたのです。夢の中で」ゆりは涙をこぼした。

「泣いているのか？」範虎が気付いて尋ねる。

　ゆりはぽつりこう言った。

「箕輪に帰りたい」

　最近はそればかりになっていた、生まれ故郷が恋しいのであろう。

「わかった、病が癒えたら、箕輪に帰ろう」と範虎がそう言うと、ゆりは安心したように目を閉じた。

　その夜、ゆりはまた夢を見た。

『また、そんなところにいたのか、城に帰ろう』長野業政の優しい声が聞こえる。

『父上』ゆりの目の前に死んだはずの業政の姿があった。

（父上が死んだというのは違ったのね、父上生きていらっしゃる）ゆりはそう思った。

　そして見渡してみるとここは、よく幼い頃にゆりの泣いていた榛名白川の河原であった。というのも、ゆりは他の姉妹に比べ病弱で外を駆《か》け廻《まわ》るよりも、部屋で本を読むような子どもであった。それなので、「あの子は業政の娘ではないだろう」とか、「榛名山に落ちていたのを拾った子だ」とか言われてからかわれていたからだ。

　それを真に受けた幼いゆりは、

「ここにいれば私の本当の父上と母上が迎えに来てくれるかもしれない」と思い榛名白川の河原までいったのだ。しかし、迎えなどあるはずもなく、ゆりはもっと悲しくなって泣いていた。夕暮れが夜を連れてくる。辺りが暗くなっても、ゆりは動こうとしなかった。

　すると業政が灯《あか》りを灯《とも》して河原まで来て、

「ゆり、やっと見つけた心配したぞ」と言い、駆け寄った。そして事情を聞くと、

「そんな馬鹿なことがあるか、ゆりはわしの可愛《かわい》い娘だ」と抱き上げ城まで連れて帰ってくれた。

あの頃が頭の中で再現されているのだろう、懐かしい思い出、安心しきれる夢である。

その夢の続きに、

『さあ、城に帰ろう』業政が言った。

『父上、私を迎えに来てくれたのですね。父上がいなくなって私ずっと寂しく思っていました』この時こう言ったのは大人のゆりだ。

『何を馬鹿な、ここにいるじゃないか。さあ、おいで』

ゆりは業政の胸に飛び込んだ。

と、ゆりの身体はふわりと浮き上がり、この世を離れた。

## (二) 到着帳

箕輪城の追手門が大きく開かれて、多くの兵を飲み込んでいく。大きな荷を付けた牛が手綱を引かれ、兵糧や、物資を運び込んでいる。

とても賑《にぎ》やかな様子を、藤鶴《ふじつる》は、（なんだかお祭りでもあるみたい）と思って眺めていた。長野業政が死んで二年である。その業政そして氏業の人徳であろうか、戦の備えをと声をかけると、「箕輪の殿のなさることならば、よろこんで奉仕致しましょう」と、物資を運び入れる領民の姿がそこにはあった。

一方、武士の者どもも、箕輪からの要請に応えここに集う。早々甲冑《かっちゅう》を万全に纏《まと》い到着する者も少なくなかった。

下田正勝が、諸将の到着を帳面に記す。

「青柳忠家《あおやぎただいえ》殿御到着」

「おう」

「大熊伊賀守《おおくまいがのかみ》殿御到着」

「おう」

「矢島久左衛門《やじまきゅうざえもん》殿御到着」

「おう」……述べ人数四百数十人に及んだ。

あの永禄三年（一五六〇）の大越山と比べると二百あまり少なかった。それでも、大勢のお味方が集う箕輪城である。箕輪の総大将は若き城主長野氏業だ。氏業は二年前に病没した父業政の具足を着付けてもらっている只中《ただなか》であった。着付けているのは守役として務めた藤井友忠《ふじいともただ》と、その倅《せがれ》の藤井孫蔵忠安《ふじいまごぞうただやす》である。最近友忠は、「自分は歳《とし》を取ったので」と、傍《かたわ》らに息子の忠安を付き添わせていた。

「ああ若様、よくお似合いです」友忠が声をかける。

「若様とは、父上。氏業様今は城の主でございますよ」忠安が友忠に言った。

「おお、そうじゃ、失礼致した。昔のことはよく覚えておるのです。若が、出来立ての長純寺《ちょうじゅんじ》の本堂の床を誰より先に素足で駆けまわったとか、それ以前、吉業様と太田様の犬を連れて散歩したとか、大殿と差し交わした碁の勝負とか……。しかし最近めっきり忘れっぽくもなりましてな。頭も体もいうことを聞いてくれなくなってきました。歳は取りたくないですな。それにしても若様、ご立派になられて、大殿もこの姿を目にしたらお喜びになるでしょうな。はっはっは」友忠はそう言った。

　友忠は業政が亡くなってから、急に老け込んでしまったように見受けられた。

「御台様、殿のお姿。なから似合っておいででしょう」向き直って忠安は同席している藤鶴に向けそう言った。

「はい」藤鶴が応じた。

「御台様、お身体《からだ》は如何《いかが》でございますか？」友忠が尋ねた。

「はい、このとおり丈夫でございます。みなが氏業様を慕い集まるこの子にも見せてあげたいものでございます」藤鶴は身重となっていた。

　それを聞いた氏業が笑った、そして、

「この鎧《よろい》を着てみると、父が私に力を貸してくれるような気がしてまいりますね」と言った。

「はい、お力をお貸しになるのは、大殿だけではなく、箕輪長野累々の先祖たちもまたお力をお貸しくださいましょう」友忠が言い、氏業は頷《うなず》いた。


　城にこんなに人が入ったのを見るのは初めてかもしれない。屋敷の障子襖《ふすま》などは全て外され、平屋の屋敷を精一杯広くしたところに大勢の武士たちが居並ぶ。入りきれず外に立つ者もいた。みなが氏業の登場を待っていた。鎧《よろい》を纏《まと》った氏業が入ると、広間にどよめきが走る。

　あの箕輪の剛たる業政の纏っていた鎧が、まだ成長途次のしなやかで細い手足の氏業の体に重なっている、在りし日の業政を思い起こさせる姿であるが、氏業の顔をみれば若々しく、これからを生き抜こうとする力が存分に備わっているように見える。

そして隣に控える藤鶴姫は、新しい生命を宿し、ふくらむ体の線が羽織った打掛の上からもほんのり感じとられ、箕輪城の大広間でたくさんの武士の前に現れた二人は手を合わせたくなるような神々しさがあった。

「みな、これまでよく箕輪を守ってくれた、父のいない箕輪で私を支えてくれた。礼を申します」氏業は先《ま》ずみなへ感謝を伝え、

「みなに集まってもらったのは、知ってのとおり武田の来襲があるとの報が寄せられたからであります。既に使者を厩橋に送ってある故、じきお味方を連れ箕輪に来てくれましょう。それまでは私たちの手で、ここを守りぬきましょう」と続けた。

いよいよ来る大敵を前にみな気を高ぶらせ鼻息も荒い。

方々より、

「おう」と聞こえ箕輪城の広間の床を揺らした。

氏業は作戦を伝えた。諸将はその一言一言に熱い視線を送り続けている。

ではと、素焼きの盃《さかずき》が各々《おのおの》に配られた。盃に濁り酒が注がれる。

生きて戻れるかわからない。それを知っているからこんなにも血が湧き立つのだ。

「若田ヶ原《わかたがはら》へ！」氏業が高らかに言った。

「おう」城内の諸将が声を揃えた。

「ここを是が非でも守らなければ、箕輪への侵入を許すことになる」

「おう」

「百騎は城に残し。残りは若田ヶ原を目指す！」

集った各々が酒を一気に飲み干し、その盃を勢いよく地面にたたきつけ割る。士気は最高潮に達した。

## ㈢　若田ヶ原

箕輪城より南西に四里、烏川《からすがわ》を越えたところに若田ヶ原と呼ばれる場所があった。湛光風車《たんこうふうしゃ》から、「武田勢安中より箕輪を目指す」と寄せられた。籠城戦にもつれ込んでは不利となる。その前に食い止めようと長野氏業以下、箕輪に集う諸将たちは評定を行い、若田ヶ原をその場所に選んだ。

見通しの利く丘の上に氏業たちは陣取った。

「さあ、武田信玄《たけだしんげん》よ、この氏業がお相手つかまつろう」鎧姿《よろいすがた》の氏業が、敵勢の来るのを待ちかまえた。

敵の姿は見えないが不穏な空気が若田ヶ原を被《おお》ってきているのを感じる。

遠く馬の嘶《いなな》き、それから進むたび具足が立てる音と人たちのざわめきが交ざりあい、近づいてくる。高く掲げられた旗の上部が顔を覗《のぞ》かせる。そして、次第に敵勢が姿を現す。

「来た」

若田ヶ原は次第に人で埋め尽くされていく。

「てえ驚いた。まだまだ敵勢の列が終わらねえ。このままじゃ若田ヶ原を被っちまうようだ」長野方の兵からそんな声が漏れ聞こえた。

若田ヶ原に、武田菱《たけだびし》の陣幕がすばやく立てられた。

早々人の死の匂いを察知したのか烏《からす》たちが旋回を始める。

双方が対峙《たいじ》する。

あの甲斐の虎と恐れられる武田信玄が眼前にいるのだ。氏業が指揮を執るのはこれが初めてである。箕輪衆の命を預かる氏業の手は震えていた。これから始まる命の奪い合いの恐怖と、緊張と、興奮からだろう。

（父上、どうか松代にお力をお貸しください。どうか導いてください）氏業は、胸に手を当て天を仰いだ。

　武田勢、長野勢若田ヶ原で距離をとって睨《にら》み合うように陣形を整えた。

　長野勢の数が圧倒的に少ないのは誰の目にも明らかだ。先陣、後陣、右翼、左翼とそれぞれに大将を置いた。数で敵《かな》わない箕輪衆である。一点突破、本陣を突くのだと、陣形を整えるとすぐに太鼓を打ち鳴らし「突撃！」と、武田勢の深くに切り込んでいく。無駄な動きがなく手慣れたその手腕は鍛錬のたまものであろう。武田勢陣を大いに乱す。

「さすが上野の雄。長野殿の軍勢である」信玄は感心した。

「さあ、次はこちらから行かせてもらおうか」信玄はそう言って号令を発した。

　形勢は逆転し、敵陣深くに切り込んでいた長野の猛将もある者はその場にて首を取られ、ある者は傷を負い、ある者は逃げ戻った。

　若田ヶ原が戦場となり、攻防の声は若田ヶ原にじとりとはりつくようであり、遠くからそれを見た者は悲痛な苦しみの声や合戦の音がまとまって、この若田ヶ原という土地が呻《うめ》いているように感じたという。
（これ以上犠牲を出し続けるのは得策ではない）
「籠城を」氏業はそう合図を出した。
　長野勢はその合図を聞き、退《の》きの体勢へと入った。
「みな退《ひ》け。退《ひ》け。箕輪城まで退却」藤井友忠が言った。そして、
「殿、殿《しんがり》は私が務めましょう」と続けた。
「相わかった」氏業が応じた。
　友忠隊は敵を防ぐように回遊しながら味方を逃がし、殿を務めた。
　そして、殿を務めた友忠の視線がとらえたのは信玄の息子、諏訪勝頼《すわかつより》であった。
「いける」咄嗟《とっさ》に友忠はそう思った。
　即座に馬を進めた。手には槍《やり》。追い付いた――。

## ㈣　籠城戦

　藤井友忠隊を残し他はみな箕輪城へ帰り着いた。武田信玄らは若田ヶ原を離れ、

烏子《すないご》の森に陣取った。箕輪領に緊張が走る。城の外へと誘いたいのだろうか。武田勢は七年前に再建したばかりの箕輪長野家菩提の長純寺に迫った。寺は火をかけられ、伽藍《がらん》はことごとく灰燼《かいじん》に帰した。箕輪領戦地と化す。

「わしらが寄進してわしらが作った寺である長純寺」

「大殿（業政）が遺《のこ》してくれた、大切な長純寺を火にかけるとは！」みな口々に悔しがる。

　百騎残しておいた籠城兵たちはいよいよかと血を熱くしている。

　そこへ檜扇《ひおうぎ》の紋を翻して馬が一騎箕輪へ帰り着く。藤井安忠である。

「安忠殿、ご無事で何より。お父上、友忠殿はどうされた？」城内の者が声をかける。

　安忠は首を横に振る。

「……。そんな、友忠殿が？」

　殿《しんがり》を務めた友忠の視線がとらえたのは諏訪勝頼であった。追い付いて槍を一振り、なんとそのまま勝頼を落馬させることに成功した。組みふせ首をいただこうと槍を喉に突き立てる。その勝頼の顔を見ると、氏業と年端の変わらない顔つきに友忠は怯《ひる》んでしまった。箕輪長野家の嫡男である吉業、氏業の守役を長く務めた友忠である。殺してしまうのが偲《しの》びなく思ったのかもしれない。背後より勝頼の護衛の兵が来ることに気が付かなかった。護衛の兵が友忠を背後より一突きにする。友忠はそのまま息絶えた。

「あの諏訪勝頼相手にでございますか」
「友忠殿、なんと勇気ある誉れ」城の者どもがそう言った。

「火事だ！」
　話を続ける余裕もなく、箕輪城に敵方より火矢が打ちこまれ、城内を焼き始めた。
　火矢は留《とど》まるところをしらない。乾いた木の板塀、屋敷門扉に燃え広がっていた。
火を消そうと水をかけるが間に合わない。
「延焼を止めなくては」氏業は考えた。
　火の先には本丸屋敷が佇《たたず》んでいた。
「どうせ、待っていても焼けてしまうのだ、屋敷を壊しましょう」氏業が言った。

「お待ちください。本気でございますか」矢島貞勝《やじまさだかつ》が言った。

「はい、城の中の物が全て焼けてしまうよりはましでしょう」

「承知した！　よし、みなで屋敷を壊そう」貞勝が言った。

　時折煙に巻かれながらの作業であった。土壁を落とし、柱に斧《おの》を入れる。

　屋敷は傾き大きく倒れる。

　間に合った。火の手が届く少し前であった。次に燃やすものに手をかけられなかった炎は門戸を焼いて悔しそうに天に煙を登らせた。

　と、次の時ぽつぽつと雨水、天より下り、あっという間に大降りとなり炎は真白な煙に変わった。


　勝頼は護衛の兵に抱えられるように陣所に戻る。

　雨は止む様子もなく、勝頼の負傷を聞いて、武田勢の潮目も変わった。

「退《の》きとしよう」信玄は言った。

「よろしいのですか父上」勝頼が言った。

「よいであろう、我が軍犠牲も多く、なかなかに侮れぬようである。あとは真田《さなだ》、小幡《おばた》、浦野《うらの》等が上手《うま》くやるだろう」

五分をもって勝利とせよ。信玄はそう判断し、ここで戦をおしまいにした。永禄六年（一五六三）二月二十六日であった。そして、武田勢はこの日の戦いを箕輪長野との戦いに勝利した日とした。『甲陽軍鑑』その他軍記はそれを踏襲す。

しかし、事実箕輪は落城を免れた。そして、氏業は真田、小幡らの誘いには耳を貸さなかった。信玄はこれより二年後に箕輪を攻略しようと戦勝祈願の願文を認《したた》めることになる。

それから、その幾日か後、箕輪城下のある噂話《うわさばなし》をひとつ。あの攻防の最中、一人の女が悠然と城の搦手口より出て、室田《むろだ》の方へ歩いて行ったという話である。

「あれは木部のゆり姫様だった」と領内の者が言うと、幾人かが私も見たと言い、室田あたりでも見たと言う者まであった。次第に話にひれが付き、姫は榛名山《はるなさん》に登って伊香保沼《いかほぬま》にその身を投じたのだ、蛇体となって箕輪に戻り雨を降らせ、戦を終わらせたのは木部姫様だと尾が付いた。

## ㈤　決別

永禄七年（一五六四）七月二十三日。岩付城《いわつきじょう》。

城主である太田資正《おおたすけまさ》が戦地から帰城したというのに、追手門は閉ざされていた。

「父上がお悪いのですよ。父上が北条家への忠節をおみせにならないから」櫓《やぐら》の上から太田氏資《おおたうじすけ》が声をかけた。

「うむ」資正は氏資の言葉に一言相槌《あいづち》を打つ。

「お口惜しいですか？　実の息子に城を締め出されて」

嫡男の致しように今さら声を荒らげる気にもなれない資正は、空返事のような、

「うむ」を重ねるばかりだ。

氏資はなおも挑発する言葉をかける、

「父上は弓の名手でございましたね。如何《いかが》ですか、この距離ならば私のことを射殺せるやもしれませんよ」

資正はその挑発には乗らず静かに、

「氏資よ、おぬしは私のことがよほど嫌いとみえる。しかし氏資、子を可愛《かわい》いと思わない親はいないのだぞ。ましておぬしは太田家の嫡男である。いずれは全てがお前のものとなるのだ。それなのにどうしてそうことを急くのであるか？」と言った。

そんな諭すような優しい言葉はいらない、いっそ極悪人のような父であれば、今戦地から帰った実の父を城に受け入れない自分への道義も保てるであろうに……。

「いえ、父上は私のことが憎いとお思いのはず」氏資は言った。

父は私を憎いと思っていなければならないのだ。だから私は父を排除するのだ。

「わかった、氏資よ。こうなった以上おぬしの城じゃ。好きにするがよい」資正はそう言った。

遠征で体力を削られた資正たちの軍勢に岩付でもう一戦する力は残っていない。一方岩付の城内では、資正らが遠征で留守の間、準備を怠らなかった氏資方の兵が打倒資正と、戦の時を待っているであろう。

「降参でございますか？　私に門を閉ざされて一戦も無く……」氏資が言った。

資正はそれには、答えず、矢筒から矢を一本取り出し宙に向かって弓を引いた。矢尻には笛が付いている。

資正は戦を始める気になったか。鏑矢《かぶらや》の笛は開戦の合図であろう。氏資、そして岩付城の中にいる北条贔屓《ひいき》の兵たちは身構えた。

風を受け笛がなる。悲しく響くその音に、城内の犬たちが遠吠《とおぼ》えを返した。

そして、その犬たちの遠吠えの中、資正は城に背を向け城を去った。

「……さあ、いずこに参ろうか」資正がぽつりと呟《つぶや》いた。


幾日も経《た》たぬ内一匹の犬が箕輪に伝令をもたらした。

「ん？　何やら見かけぬ犬でござる」城に忍びこむ犬を見て藤井忠安が言った。

「……その犬もしや。首に何か結《ゆ》わえられたりしておらぬか？」長野氏業が言った。

「あ、あります！」と忠安。

「もしかして……」二人は顔を見合わせた。

「太田殿だ。一体どうやってここまでの道を覚えさせたのでしょうか」と忠安が言い、

「私も文を貰《もら》ったのは初めてだ」氏業が言った。

犬は氏業に頭を撫《な》でられて、うれしそうに尻尾《しっぽ》を振っている。氏業が折りたたまれ

た文を開く。

「なるほど、今は岩付を追われて忍城に身を寄せていらっしゃるのですね。氏資殿もひどいことをなされるものです」内容に目を通した氏業がそう言った。

氏業は早速忍に忠安を使いとしてやった。

忍城には、既に金山城由良《かなやまじょうゆら》氏や、足利長尾《あしかがながお》氏の家の者の姿があった。みな未だ上杉家を慕う家の者たちである。

「いや、城を奪われるなどお恥ずかしい限りでございます。わしもこれで晴れて隠居の身でございますよ」と資正がみなに言った。

「お義父上（資正）が御隠居でございますか？」忍城主の成田氏長が言った。

氏長の室は資正の娘である。

「そうじゃ、そなたの親父殿（成田長泰《なりたながやす》）のように私もそろそろ」と資正が言うと、

「何を仰《おっ》しゃいますか。お義父上が隠居となれば、今までのことは全て水の泡でございます！」氏長が言った。

成田家は、大越山の後に北条に与《くみ》することを表明したものの、長泰が隠居となり、

氏長が家督となると再び上杉に与することを表明した。

「お義父上が隠居となれば、我が成田家であっても主家を考え直さなければなりませぬ」氏長は考え込むようにそう言った。

「岩付が氏資殿に押さえられたとなれば、それもやむなしか……」金山城由良家の者が言う。

「なんとか岩付に戻れる策はないでしょうか？」箕輪から使いで行った忠安が言った。

「やはり山内（上杉輝虎）様にお頼みするのがよろしいでしょう」足利長尾の家の者が言った。

　氏資に城を乗っ取られ、もはやこれまでであろうと隠居を考えていた資正であったが、神妙に我が行く末を案じられ、未だに頼りにされているのを感じると次第に考えが変わってきた。資正は言った、

「いやいや、皆様ご心配召されるな。これは、ただの親子喧嘩《おやこげんか》でござる」

「では」と忠安。

「隠居は取りやめでござる。機をみて岩付を奪還致しましょうぞ！」資正が言う。

　みなは資正のこの発言を聞いてどんなに安堵したかしれない。

そして、資正はその後暫《しばら》く忍城に留《とど》まり、ある夜岩付の奪還を試みた。入念に策を練って夜の作戦を決行したのであるが、味方の一人が氏資側に寝返り試みは失敗に終わった。

箕輪に伝令犬が走った。

『常陸へ参ることと致しました。武蔵を離れはしますが、上杉を離れは致しません。

太田《おおた》三楽斎《さんらくさい》道誉《どうよ》』

資正は入道して三楽斎道誉を名乗り、常陸に移り佐竹義重より城を与えられた。その後義重の下での活躍も著しく名を馳せた。

## ㈥　託す

一年の後。

「そうですか。小山、由良、結城、成田までも北条に……」湛光風車《たんこうふうしゃ》からの報告を聞いて長野氏業がそう言った。しかし、氏業は岩付の太田資正が去った関東にいずれこういう日が来るだろうと感じていた。上杉を支えていたはずだった主立った領主たちが北条に靡《なび》いた。

一方、箕輪長野が縁戚関係を結んでいた和田《わだ》、大戸《おおど》、安中《あんなか》、小幡、木部、ほか上野の諸城も武田の下に回った。残るのは白井長尾、そして上杉直轄の沼田《ぬまた》、厩橋《まえばし》くらいである。

武田信玄はかつての仲間を使って、箕輪の家臣たちに文を送り続け内部の分裂を企《たくら》んでいる。本領安堵《ほんりょうあんど》、甘い誘いを送られた家臣のいったいどのくらいが反武田であり続けられるのであろうか。若き箕輪城主長野氏業、時に十九歳である。

「ご城主様も、大殿様の決して武田に降《くだ》ってはならないなどという遺言を守ろうというのだからお可哀想《かわいそう》にも思えてくる」城下ではそんな声さえ聞こえている。

世間の風向きは武田を支持するほうへと変わりつつあった。

氏業は、藤井忠安を呼んだ。

「忠安殿そなたには、先代友忠殿から引き続いて世話になり、しかしそれに報いたことは何一つできておりません。申し訳なく思っております」氏業はそう切り出した。

「何を申されますか。藤井家、御一門として箕輪長野と一心同体でございます。心配はご無用でございます」

「頼もしい。では、今もう一つ任されてはくれまいか」

「は、何でございましょう」

「藤鶴、亀寿丸《かめじゅまる》をここに」氏業が声をかけると、

「はい」と藤鶴が嫡男亀寿丸を抱き、現れた。

「忠安殿、今夜の内に亀寿丸を極楽院へ送り届けてはくれないだろうか？　湛光風車殿の言うとおりならば、明日には武田信玄が、この城に到達するはず」

「大事なお役目しかと承りましてございます」忠安は答えた。

「戦が収まるまで亀寿丸を寺に入れる。そして、そなたの父がしてくれていたように、長野家の嫡男亀寿丸の面倒をそなたに任せたいと思います。我が身に何があろうとも、亀寿丸を生きながらえさせること。頼みました」氏業が言った。

「どうか、この子をお願い致します」藤鶴姫がそう言い添えた。

忠安は頷《うなず》き、

「さあ、亀寿丸様こちらへ」と言う。

　藤鶴は抱いていた亀寿丸を下ろし、

「さあ」と忠安の方に向け、亀寿丸が歩くのを促した。

　亀寿丸は、忠安が差し出した手を握る。そして氏業、藤鶴のほうへ向きなおり、

「かかさま。ととさま」と不安そうな声を出す。

「大丈夫です。母もすぐに参りますから、忠安殿と先に行きなさい」藤鶴が言う。

　亀寿丸はこくりと頷《うなず》く。

「ととさま」亀寿丸が言う。

「私も用が済んだら向かおう、それまでは忠安殿が私の代わりだ」氏業が優しく言って聞かせる。

　亀寿丸は氏業の顔、忠安の顔と見渡して、

「ととさま?」と忠安に言った。

　忠安は静かに頷いて、

「私がしばし、とと様に代わり若様をお守り致しましょう」と答えた。

　藤鶴は涙を堪《こら》え、唇を嚙《か》み、

「亀寿丸、忠安殿の言うことをよく聞くのですよ」と言った。

「かかさま」亀寿丸は心配そうに藤鶴のことを見上げた。

「忠安殿どうか」藤鶴は言った。

忠安は亀寿丸を抱きかかえ、二人に背を向け、その場を去った。

藤鶴は堪え切れずにその場にしゃがみ込む、それを氏業が抱き、藤鶴は嗚咽《おえつ》した。

藤鶴は氏業に、

「氏業様、私は氏業様と最期まで、共にしとうございまする」と言った。

氏業は首を縦には振らなかった。

## ㈦　秋扇

箕輪城は静かであった。

城主である長野氏業は一貫して、父の遺言どおり箕輪長野家が三代にわたって貫いた上杉家への忠義を選んだ。

その時がきて、有能な家臣が幾人か打って出て、殺された。

氏業は、持仏堂にて座していた。

「父上、そして長野家を栄えさせた累々の先祖たちよ。私の不徳によりこの城と長野の家を潰してしまうこと、いかに詫《わ》びようにもはばかられることでございます。しかし、父の言いつけどおり、最期まで敵に降《くだ》ることなくこの時を迎えたこの心は箕輪の民に永遠に語り継がれるものです。この身をもってその誇りを体現致します」

氏業の言の葉が堂の中の空気を揺らした。

氏業が静かに、持仏堂に入る様子から、氏業がここで果てようとしているのがわかった。未《いま》だ忠義に篤《あつ》い家臣たちは、残された時はわずかである、敵に邪魔されぬ間に、氏業様のご意志を達して欲しい、そして追い腹を致そうと、御前曲輪《ごぜんぐるわ》に集まった。

「介錯《かいしゃく》致しましょう」矢島貞勝が言った。

「……。できぬ」氏業の答えはみなの予想に反していた。

「それなれば降伏の使者を立てましょう」下田正勝が言った。

それもよいであろう、氏業や箕輪の忠義の者たちはできる限りをやったはずだ。

「いや、それもできぬ」

「それでは」みな頭を悩ませた。

「自ら命を断つはたやすい。みな、今からいうことを反論なしに聞いてくれ」氏業はそう言った。

「……わかりもうした」


氏業は、平常のように慣れた足取りで城の追手へと歩んでいく。

鎧などは身に着けていない。大振りの白柄の刀を差すのみ。

少し遊びにでも出かけるかのように、追手門を潜《くぐ》る。

その表情は悲しそうでもあり、うっすら笑みを浮かべているようでもあった。

箕輪の忠義の者どもが固唾を呑《の》んでその光景を見守る。

辺りは時が止まったように静まり返った。

その静寂を裂いたのは、武田家臣の、真田幸隆であった。

「戦は仕舞いじゃあ！　御城主氏業様の御首《みしるし》いただき申した‼」

幸隆はありったけの声で叫んだ。

それに続き、

「仕舞いじゃ、仕舞いじゃ。みな、お命無駄になされるな。御城主様の願いであるぞ。亀寿丸様は極楽院で預かった。みなお命無駄になされるな。御城主様はおぬしたちの命を無駄にしたくなかったのじゃ、その心わかってやろうぞ」と、ひとりの虚無僧が触れて回った。

無抵抗の氏業の両腕は敵兵に抑えられ、太刀を取り上げられてはいたものの、氏業はまだ首を離されてはいなかった。


矢島貞勝、下田正勝、青柳忠家ら忠義の者が氏業に駆けより、

「私もお伴つかまつりまする」

「わしもじゃ」

「私も殿とご一緒致します」それぞれが、そう言った。

氏業は静かに、

「私がいなくて、みなまでいなければ箕輪は回りません。大丈夫、城主が代わるだけです。箕輪はこのままでございましょう」

氏業はそうみなに言って、それから幸隆の顔を見た。

「はい」幸隆は頷《うなず》いた。

永禄九年（一五六六）九月二十九日。

氏業の考えたとおりに、箕輪長野家は静寂の中、幕を引いた。

忠義の者どもは、箕輪に留《とど》まった。

氏業が自ら命を終えることをよしとしなかったので、このままこの世の苦しみを味わい尽くすが主従であろうと、追い腹もできなかった。

それなので、ある者は、箕輪で新たに城代となった内藤昌秀に従い武田家に仕えた。

ある者は隠居の身となり、ある者は武士を止《や》め田畑を耕す身となった。

藤鶴はあの落城の直前に渋々城を抜けた。氏業はその護衛に佐藤作兵衛信正《さとうさくべえのぶさだ》を付けた。

「藤鶴、我が身にもしものことがあれば、越後の上杉様を頼りなさい」氏業はそう言った。藤鶴は気が乗らなかった、

「氏業様と最期を共したい」と何度も氏業へ伝えたが、氏業はそれを受け入れてはくれなかった。

藤鶴は越後の上杉を好きにはなれなかった。好きになれるはずもない、聞いただけでもあの日を思い出して震えてしまうのだ。一度は松山城落城の責のため失うはずだった命である。それから三年、戦の激しくなる世の中で夫を持ち、子をなす女の幸せを積めこむような時であった。もう、十分である。

城を出て暫《しばら》く歩いたところで藤鶴たちの背後から、

「おーい」と声がかかった。

怪しんだ信正は藤鶴を薬師堂に隠して様子を見に行った。信正が確認にいく、どうやら怪しい者ではなさそうだ、信正は薬師堂に戻り、

「姫様、怪しい者ではございませんでした」声をかけたが藤鶴からの反応はなかった。

嫌な予感がした、信正は薬師堂の扉を開いた。信正は血の気が引いた。

「……姫様。なぜ」藤鶴は胸を一突き、血を流して動かなくなっていた。

氏業は甲府に連行され寺に幽閉された後、そこで首を落とされた。落とされた首は

目を見開き、睨《にら》みつけるようであった。そしてその首は幾日か晒《さら》されたのちに、箕輪に縁のあるという旅僧、法如《ほうにょ》が譲り受けることになった。

「私が終生弔いましょう」

法如は氏業の首桶《くびおけ》を背負い、歩き出した。

甲府を抜け、信濃国佐久《しなののくにさく》に入り余地《よじ》峠を下ると、上野の山々そして人々の暮らす平野が眼下に広がった。そこで法如は負っていた首桶を下ろし、手を合わせた。

「若様、怨《うら》みもございましょうが、上野まで戻りましたよ。お帰りなさいませ。さあ、箕輪まであと少し、明日にはお戻りになれます」そう声をかけた。

季節はすっかり晩秋となっていた。木々が葉を落とし始めている。その中を法如は氏業の首級を背負い箕輪へと歩みを進めた……。

『箕輪軍記』などに記され、よく知られる氏業の辞世は次である。

春風に梅も桜も　散りはてて
　名のみぞのこる　箕輪の山里

ただこの物語に限っていうならば、

秋風に　やくめをへて扇ふせ
　名のみぞのこる　箕輪の山里　　と。

氏業の亡骸《なきがら》は今も井野川《いのがわ》左岸の「なりもりぼえん」に手厚く葬られている。

## ㈧　客人

箕輪城主長野業政がこの世を去る二年前の、永禄二年（一五五九）に時を戻してひとつ。

それは、信濃の平定を将軍から任じられた長尾《ながお》景虎《かげとら》のもとに真田幸隆が祝いの太刀を奉じたちょうどその時分である。

この頃業政は屋敷で、

「そろそろ、お客人が来る頃であるな」とそわそわと屋敷の者たちに話していたのだという。

屋敷の者たちは、

「さて、大殿がうれしそうにお客が来るから用意をせよと言っているが、いったい誰が来るのであろうか」と怪訝《けげん》な顔をして互いを見合わせた。

そんな昼下がり、

「真田でございます。長野殿にお目どおりを願いたく参りました」

声の主は、以前箕輪に身を寄せていた真田幸隆であった。屋敷の者たちは幸隆の来訪にどうしたらよいかわからず顔を見合わせた。屋敷の者たちが困惑するのも無理はない。幸隆は十八年前、上野の山内《やまのうち》上杉《うえすぎ》憲政《のりまさ》を見限り、甲斐の武田を頼ったのだから。

と、そこへ業政が出て、

「私がお待ち申し上げていたお客人だ。お通ししなさい」そう言った。

　以前もそうしたように、箕輪城の大広間に二人は座した。

「長野殿、あの節は大変ご厄介になりました。また大変失礼を致しました、お詫《わ》びを申し上げます」幸隆がそう言って深々頭《こうべ》を垂れた。

「まあまあ、そのことはよいのじゃ。久しいの、息災か」と業政が言った。

「はい」と幸隆。

（真田殿、実にいい将に育ったものだ。顔つきを見ればわかる）と業政は満足そうであった。

　幸隆は続けた、

「此度《こたび》は、越後の長尾景虎様が、信濃平定のお役目を将軍様よりいただいたと聞き、私も信濃の民なれば、ひとつ挨拶をしなければと思いまして、行って参った次第でございます」幸隆がそう言ってまた深々と頭を垂れた。

「うむ。それはよきお心がけじゃ。長尾景虎様が信濃をお治めになられれば我々はまた同心に戻りますな」業政が言った。

「はい、然様《さよう》に思い、私も晴れて長野殿の元に挨拶に参じたのでございます。長野殿に歓迎していただいて、これほどうれしいことはございません」幸隆が言った。

「然様《さよう》、わしもあれが別れではのう、寂しく感じていたのだ。それで、真田殿、これからは長尾景虎殿のこと、お支えいただけるのでありましょうな」

「それはそうでございますよ。将軍様からの命でございますから」

「うむ。それは心強い、しかし長尾殿と武田殿は戦いまするぞ？」

「はっはっは。それはその時でござる。長野殿こそ、如何《いかが》でございましょうか？　これを機に」

「これを機に武田へでしょうか？」

「はい、長野殿には殊の外世話になりました。この真田と共に武田に」

「いや、私が武田信玄殿からの誘いに乗ってしまうという、そういう態度では、上野の諸将に示しが付かぬ。

　小幡殿は武田に、厩橋殿は北条に、私と沼田殿は上杉にと、分かれてしもうた。

　わしも一大決心ができればよいが、どうも固《かたくな》でいかんのう。幸隆殿のお気持ちもわかるが、北条のもとにおりながら、武田、上杉と三人の主を持つような器用さはわしには……」

「私も、私の主も長野殿をいつでも、歓迎致します。今でなくともまたその時には」

幸隆が言った。

　真田殿の気持ちもようわかる、気にかけていただきありがたい、しかし、業政は、

「うむ」と一言それだけを返事とした。それから、

「ところで、真田殿。昔の誼《よしみ》でお伝えするが、あの沼田城じゃ。あれを真田殿が治めるべきだとわしは思うておるのじゃ。わしももうこのような歳《とし》で、この仕事に手をまわせるほどの体力も時間も残されてはおらぬ」

「と、申しますと?」

「あの沼田顕泰《ぬまたあきやす》殿、色に溺れたか、実の息子を討ってしまわれた。それで金子殿の妹である湯呑殿との間に生まれた平八郎殿を長野家とも縁戚であるかのように言い、世継ぎの正当性を主張しているとの話も伝わっておる。沼田城、ゆくゆくはそなたの城となされませ」

　そんな会話があったという。

　実際幸隆も亡き後、沼田城は真田が領することとなった。

　この物語は、上野国箕輪城主、長野業政、氏業の活躍を記す物語である。

業政の活躍、業政亡きあとの氏業の活躍及び、箕輪城の落城、氏業の死、箕輪長野家滅亡までを記した。今ここでお仕舞いとしたい。

注二）　受連が木部を訪ねたのは永禄六年（一五六三）二月五日ではなく、永禄六年（一五六三）十二月五日。「受連覚書」という文書が実在するが作中では十か月早めて書いた。よく言われる永禄六年二月二十六日（二十二日とも）の箕輪落城の時に、大きな箕輪城攻略があったとして物語を進めたかった都合上。

# 参考文献


久保田順一　『戦国上野国衆事典』（二〇二一　戎光祥出版）

近藤　義雄　『箕輪城と長野氏』（二〇一一　戎光祥出版）

久保田順一　『長野業政と箕輪城』（二〇一六　戎光祥出版）

久保田順一　『上杉憲政　戦国末期、悲劇の関東管領』（二〇一六　戎光祥出版）

岡谷　繁実　『名将言行録』

清水　儀平　『長野記』

福島　武雄　『箕輪城考』（一九二八）

『箕輪町史考』（一九二八　箕輪史蹟保存会）

斉藤平治郎　『上野國群馬郡箕輪城主長野氏興廃史』（一九二五）

大塚　　實　『口語私訳　箕輪軍記』（二〇一二　箕輪城まつり奉賛会）

下田　賢一　『箕輪城』（二〇〇九）

簗瀬　大輔　『小田原北条氏と越後上杉氏』（二〇二二　吉川弘文館）

黒田　基樹　『戦国山内上杉氏の研究』（二〇一三　岩田書院）

黒田　基樹　『増補改訂戦国大名と外様国衆（戎光祥研究叢書4）』（二〇一五　戎光祥出版）

黒田　基樹編　『論集戦国大名と国衆12岩村太田氏』（二〇一三　岩田書院）

中世太田領研究会『太田資正と戦国武州大乱実像と戦国史跡』（二〇一九　まつやま書房）
白石　元昭『関東武士　上野国小幡氏の研究』（一九八一　群馬文化の会）
根岸省三・関口正巳・井上清・三沢義信『上州の史話と伝説二』（一九七四　上毛新聞社）
野本　文幸『前橋城考』（二〇二三　上毛新聞社）
堪山　泰学『建明寺誌』（二〇〇二　堪山泰学）
平山　優『信虎・信玄・勝頼　武田三代　戦国にその名を轟かせた三代の軌跡』（二〇一九
サンニチ印刷）
図録『越山―上杉謙信侵攻と関東の城―』（二〇一八　埼玉県立嵐山史跡の博物館）
図録『関東三国志―越相同盟と北条氏邦―』（二〇一四　寄居町教育委員会　鉢形城歴史館）
『安保文書』（二〇二二　八木書店）
宮川　勉『前橋学ブックレット3　剣聖　上泉伊勢守』（二〇一五　上毛新聞社）
今福　匡『図説　上杉謙信　クロニクルでたどる〝越後の龍〟』（二〇二二　戎光祥出版）
乃至　政彦『謙信越山』（二〇二一　ワニブックス）
箕郷町誌編纂委員会『箕郷町誌』（一九七五　箕郷町教育委員会）
榛名町誌編さん委員会『榛名町誌』（二〇一二　榛名町誌刊行委員会）
戸神　重明　編『群馬怪談怨ノ城』（二〇二二　竹書房怪談文庫）
吉田知絵美『箕輪城奇譚』（二〇二一）

# あとがき

物語をお手にとっていただき、ありがとうございます。これは私の今現在の箕輪城研究に基づく物語であります。至らない点も数々あるかとは思いますが、現時点の精一杯の力で、この箕輪城ヲタクである私自身が一番読んでみたかった箕輪城のお話を書かせていただきました。これに先立ち令和四年に『群馬怪談　怨ノ城』という怪談集の中で、「箕輪城奇譚」を書かせていただいております。箕輪城の落城をテーマに伝承をベースに書いた作品です。今回の物語ともリンクしておりますので、もしよろしければそちらもお手にとっていただけますとさいわいです。

多くの方に御協力、御指導いただき、仲間に支えられてここまでたどり着くことができました。心より感謝申し上げあとがきとさせていただきます。

あなたもわたしも箕輪衆作戦

吉田知絵美

秋扇

箕輪城 長野業政・氏業父子の戦国二代記

2024年5月26日　初版発行

著　者　吉田知絵美

発　行　上毛新聞社営業局出版編集部
〒371-8666 群馬県前橋市古市町1-50-21
TEL 027-254-9966

禁無断転載・複製
落丁・乱丁本は送料小社負担にてお取り替えいたします。
定価は裏表紙に表示してあります。
©Yoshida Chiemi 2024 Printed in Japan
ISBN978-4-86352-347-0